小约翰

Little Johannes

[荷] 弗雷德里克·凡·伊登◎著　景文◎译

长江出版传媒　长江文艺出版社

关于本书

经典童话《小约翰》，由荷兰著名作家弗雷德里克·凡·伊登（1860—1932）所著。约翰与父亲、小狗、小猫一起，无忧无虑地生活着。一天晚上，他在家附近的湖边登上了一只小船，由一只蓝色的蜻蜓引入了一个奇异的世界。

这是一个诗性而迷人的故事，也象征了作者的青少年岁月。书中四个角色分别代表不同的生活阶段。旋儿象征儿时的幻梦，将知是年轻时的求知欲，穿凿和数字博士代表大学时光。作者其实就是小约翰，只是成长在不同的世界中。

《小约翰》反对物质主义，崇尚灵性。这是一部超越时代的作品，想象力飞扬，诗意无限，在奇幻的叙事中，描述了年轻人的甜蜜和忧思。这是最重要的荷兰文学作品之一。

——荷兰文学基金会

（作者）的语言可爱而简洁，借着儿童般的神思，表达其清晰的理念和卓绝的思想。

《小约翰》的故事起始于魅人的牧歌般的可爱幻梦里，寂寞的梦幻的孩子，生活在华美的花朵和可爱的动物之间。花卉和青草、禽鸟和昆虫都是有思想的生灵，它们互相谈话，似乎主宰着一种伟大的、优胜的、难以企及的力量。

全文虽然用的是近乎儿童的简单的语言，却有一种强大的力量，让读者感觉并非梦境，而是在一个亲历的真实世界里。

《小约翰》是一个哲学的童话，其中有许多隐藏的自传。这小小寓言里的旋儿、将知、荣儿、穿凿等角色，是从我们的日常感觉中提炼出来的人格化角色：不可抵抗的求知欲、最初的可爱的梦，等等。而书中辛辣的反语，有些甚至让人丧气的回答，也一直在对我们的人生提出疑问：怎么样？是什么？为什么？

（作者的作品）在我们现今的文学书籍里，属于最美的。它宛如幽静而洁白的花朵，无声地呼吸着。这美丽的韵文将永存。

（作者）不仅是一位诗人，也是当今最良善、最高超的人。他是一流的医者，医治从不索取报酬。他的医治，也许是上帝赐予他的另一种有别于其他诗人的神奇力量。

——［荷兰］波勒·兑·蒙德

（这）是一篇"象征写实底童话诗"。无韵的诗，成人的童话。因为作者的博识和敏感，或者竟已超过了一般成人的童话了。其中如金虫的生平，菌类的言行，火萤的理想，蚂蚁的平和论，都是实际和幻想的混合。我有些怕，倘不甚留心于生物界现象的，会因此减少若干兴趣。但我预觉也有人爱，只要不失赤子之心，而感到什么地方有着"人性和他们的悲痛之所在的大都市"的人们。

我也不愿意别人劝我去吃他所爱吃的东西，然而我所爱吃的，却往往不自觉地劝人吃。看的东西也一样，《小约翰》即是其一，是自己爱看，又愿意别人也看的书。

——鲁迅

作者是个很有思想的人，或说哲学趣味很浓吧。我读能感到一种形而上的冲击力，那些关于人性善恶问题，实有与虚无问题，现实与彼岸问题，都写得有意味。看似写孩子的，但即便是在大人的世界里，那些追问与思考，仍可谓是深的哲学。

《小约翰》中的对白写得十分精彩，那是欧洲文人才有的思辨天赋。动物、植物、精灵、人世，这个混沌的世间充满了荒诞和奇异。

欧洲人的小说，常常忘不了哲思，那人物、情节的背后，总有深的灵魂的盘诘。童话里也有大境界。

《小约翰》对鲁迅的影响，是潜在的。这一本书，直接催生出他的《朝花夕拾》。我甚至觉得，那篇《从百草园到三味书屋》，便是译过《小约翰》后的一种自我追忆。

——中国人民大学文学院院长、鲁迅研究专家　孙郁

景文的重译，更加走近了当代的读者，入心入肺：小约翰与动物、植物的喃喃自语和对话，是人与自然早期的脐带，是每个孩子必须经历的成长。保留和温习这些成长的记忆，并时时唤醒这些透明的梦幻般场景，是人类灵魂的自觉，是对纯粹的善与美向往的舞蹈！

阅读《小约翰》，重温童年的忧愁和快乐，犹如擦拭岁月的蒙尘和心灵的垢斑，使我们重拾久违的蓝天白云和花鸟虫鱼，穿越现实与虚幻的通道，即刻获得音乐般的陶醉。这也许是鲁迅当年面对苦难世界时，唯一的慰藉——于黑暗中默默寻找的“伟大的光”。

——文学评论家、出版人　安波舜

“小约翰”仿佛是19世纪的“小王子”。作者借小约翰之眼展示了自然之美，同时揭露了这世间的种种荒诞。这两部作品都涉及“数字”的无限可能性及其局限性，在数字文化空前发展的21世纪有着深沉的现实意义。欣慰的是，小约翰并没有像小王子一样离开这个星球，而是历览沧桑终有所悟：在“自身”中发现了“神”。

结尾处的小约翰不再是纯粹的儿童，而是不失赤子之心又勇于承担的成人，他让我们想起了鲁迅笔下“敢于直面惨淡的人生”的真的勇士。整个作品在尾声处流露出的对人自身的信任，闪烁着人文主义的光辉。

——《新京报书评周刊》

译序

时时刻刻感到无与伦比的美

2011年，我翻阅鲁迅先生译文集，《小约翰》让我惊喜万分。一个叫小约翰的孩子，与小精灵为伴，在奇幻的大自然中漫游。他听花儿说话，和萤火虫谈心，和鸽子并排飞过天空，并一心寻找那本“解答人生所有疑问的大书”，最终怀着对人类的爱回归现实生活。当时看鲁迅的译文，第一感觉是有些地方语言拗口，可是就像一位穿着古旧衣服的美丽的人，不论外衣多么古旧，依然不能掩盖她的美丽，不能掩盖她安静而纯美的灵魂。《小约翰》在我看来，是文采和哲理兼备的优秀童话。小约翰与宇宙同在，他的爱超越了人、神、动物、植物、性别。爱是万物的本质，其他的光泽、声音、眼睛都只是爱的表象。我有一个偏见，认为童话的境界比成人作品更为宽广。成人小说多描写男女、生活，比起单纯辽阔与宇宙同在的童话，它们的通感其实只是停留在作为人的层面上。

鲁迅发现和翻译《小约翰》，把百年前的荷兰作家的作品呈现在我们面前，非常伟大。这么好的作品，如果能用当代的语言把它表述出来，分享给更多当代的读者，是否更好？这份念想，随着年月的增长愈见浓烈，忍不住就行动了，我从海外买来英语原版小说（此书荷兰语初版于一百多年前的荷兰，虽在当时的欧洲文坛引起不小反响，相继被译成英、德等多种文字，但如今已绝版。国家图书馆，可以查阅到一部周作人捐给北平国立图书馆的旧藏的《小约翰》，是 1895 年的英文初版），开始了翻译的征程。我在繁忙的工作中挤出时间，从 2015 年开始，用了两年多时间，终于翻译完、修改完。

翻译的过程是深度阅读和尽力精美表达的过程。我首先感到的是自然无与伦比的美和安静悠远的意境，其次是被其中童话的奇妙吸引，为旋儿和约翰对人的看法会心一笑。渐渐地，又为其中的思考吸引。这是一部不能有一丝一毫怠慢的作品，是一部需要细细品味的经典。我想经典之所以是经典，在于它每个字都没有浪费，每个细节都自始至终传达作者一贯的价值观。

翻译的语言上，我用当代语言重新翻译，但尽力保持原作安静优美的意境、哲思和童话的氛围。有些文段直译的话不符合中文表达习惯，就用意译的方式。全文角色的名字，还是依照鲁迅的译名：旋儿、荣儿、将知、穿凿，因其极为精妙而简洁。旋儿：因其生长在旋花花冠中而得名。荣儿：一从原文（Robinetta）音译，二因其有旋儿一样甜美的声音、金色的头发、蓝色的衣裳，所以在名字上如同旋儿的姐妹般。将知：代表着求知的开始，追问着人生怎么样？是什么？为什么？穿凿：如同撕碎了童年的幻梦般，这是专注于科学研究的冷酷精灵……但号码博士新译为数字博士了，因为全文阅读下来，这个角色认为“数字”能表达生活的一切，所以新译名为“数字博士”。

翻译的过程并不轻松，为了一个字一个标点都要斟酌很久。前面一到七章是美丽的温和的，第八章后就开始忧伤，并开始冷峻的思考和解剖了，直到最后两章，回到明丽的色彩、积极向上的生命状态，但这时已经带着忧思和悲壮。也许正和这个童话的象征寓意是一样的，人从童年到成年，都要经历这个过程。

翻译完后，我又翻阅了一些关于《小约翰》的资料，有资料说鲁迅为《小约翰》谢绝诺贝尔文学奖提名，这可以从他写给台静农的一封信中得到确证。1927年9月17日，鲁迅收到台静农从北京寄来的一封信，说瑞典人斯文·赫定在上海的时候有一些关于鲁迅的听闻，想请刘半农帮助，提名鲁迅作为诺贝尔文学奖的候选人。鲁迅在（9月25日）回信中写道：

静农兄：

九月十七日来信收到了。

请你转致半农先生，我感谢他的好意，为我，为中国。但我很抱歉，我不愿意如此。

诺贝尔赏金，梁启超自然不配，我也不配，要拿这钱，还欠努力。世界上比我好的作家何限，他们得不到。你看我译的那本《小约翰》，我哪里做得出来，然而这作者就没有得到。

也许鲁迅是以此为托词，但可见他对这部作品的感情很深。另外，著名学者孙郁先生在《书摘》里也写过《一个童话》的书评，认为《小约翰》哲思意味浓，有一种形而上学的冲击力，而鲁迅受之影响很深，甚至《朝花夕拾》是直接从《小约翰》的翻译中催生出来……不论怎样，在翻译后看到这些评述，还是让我感到自己重新翻译、重新挖掘这部作品的价值。

本书出版，得到各界朋友的鼎力相助。感谢荷兰文学基金会、荷兰大使馆的认可，感谢鲁迅研究学者李新宇先生的点拨，感谢金丽红主编、黎波社长的大力支持，感谢刘雄强和萧凉的精美配图，感谢恩师安波舜先生、编辑葛钢的细致审校。

景 文

2017 年 6 月

目　录

一

现在，我来给你讲小约翰的故事。它听起来就像个童话，却全都真真切切地发生了。如果你不相信，就不必再读下去，因为它并非为你而写。如果你遇见小约翰，也不要向他提起这个故事，因为这会让他难过，我也会后悔向你讲述这一切。

约翰住在一所古旧的房子里，周围是一片繁盛的花园。这里很容易迷路，房子里到处是幽暗的走廊、楼梯、橱柜、木阁楼，而花园里到处是屋棚、鸡舍。对约翰来说，这就是整个世界了。在这里，他可以敞开步子远足，可以为自己发现的一切命名。他用动物为每个房间命名：毛毛虫小屋——他把自己找到的毛毛虫放在那儿；母鸡小屋——有一次他在那儿找到一只母鸡！其实母鸡不是自己跑过去的，而是妈妈把它抱过去孵蛋的。在花园里，他也用自己喜爱的植物给每一处命名——覆盆子山，樱桃林，草莓洞……

花园的尽头，约翰称之为“天堂”，那当然是极美的。澄净的开阔湖面，漂浮的白色睡莲，微风吹过，芦苇絮语。湖那边的远处是一座座沙丘，而天堂就是岸这边一块小小的芳草地，环绕的树丛里有铁杉高耸。约翰常常躺在厚厚的草上，透过摇曳的芦

苇，眺望湖水对面的沙丘顶端。温和的夏夜，他总在那儿，一躺就是几个小时，凝望远方，毫无倦意。

有时候，约翰会想着前方那片纯净湖水的深处，在奇幻的暮色之中，如果置身水草之间，那将多么怡人！他又想，远方那徐徐拂过沙丘的绚丽云彩，它们后面是什么？要能飞过去就好了！当太阳落山，在天边云层堆叠处，似乎有一个洞口，里面闪耀橘红的柔光，那是约翰一直想去的地方。“我要能飞去那里就好了！”他念想着，“我要怎样才能飞过去呢？只要能飞过去，哪怕只有一次。”

就在他许愿的时候，那个云口消散了，化作浓浓淡淡的小云片，约翰甚至没来得及靠近它半步。湖边顿时变得又湿又冷，他不得不回到老房子那个又小又黑的卧室了。

当然，在那个房子里，约翰一点儿也不孤单。他有一位细心照料他的父亲，还有小狗普勒斯特和大猫西蒙。父亲是约翰的至爱，可是，就像一个成年人那样，约翰对普勒斯特和西蒙的爱也分毫不少。小狗普勒斯特，约翰告诉过他很多秘密，甚至要多于他和父亲讲的。大猫西蒙，约翰把他放在无比尊贵的位置。这也不足为奇！西蒙是只非常大的猫，一身黑亮的皮毛，永不疲倦地摇晃着尾巴。显而易见，西蒙对自己的尊贵和聪明是颇为自负的，即使屈尊玩绒绒球，或在树后吃鲱鱼头，他也总能保持自己的庄严和高贵。当他看到普勒斯特举止轻狂，就会轻蔑地闪动着绿色的眼珠，心想：“切，小狗懂什么啊！”

现在你明白约翰是多么尊重西蒙了吧。但他和棕色小狗普勒斯特更亲近。普勒斯特长得并不好看，也不尊贵，但天性良顺，聪颖机敏。他从不离约翰左右，最多不超过两尺远，就在那儿坐着，耐心地听主人说话。我无须告诉你，约翰有多爱普勒斯特。

但在约翰心里，还藏着其他的事情。当你知道约翰那个带窗户的小房间里，蕴藏着一个无比丰富的世界，会不会觉得很惊奇？他爱那个印着大花图案的窗帘，能从图案中看到很多面目表情。早晨醒来，或生病卧床的时候，他会长时间盯着窗帘研究。他爱墙上的那幅画。画中，萧瑟的花园里，一群面容清峻的人在静谧的湖边散步，柔媚的天鹅在水里游弋，湖中的泉水高高喷涌，像要触到天上的白云。但约翰最爱的还是墙上的挂钟，他每天都谦恭地给挂钟上弦，而且把挂钟到点敲响当成一个神圣的仪式。如果哪天因为睡着了或疏忽了，忘了给钟上弦，约翰会非常内疚，并不断请求挂钟原谅，这时候他就会在房间里自言自语。你要是听到这些自说自话会笑么？可是你有时候也会跟自己说话吧！约翰确信，听到他说话的人一定懂他，所以他也不需要得到回答，甚至认为，他都已经从挂钟或窗帘那儿得到回答了。

约翰在学校里也有小伙伴，但他们并不能算朋友。他们在学校里搞恶作剧，在学校外玩强盗游戏——可这都不如和普勒斯特在一起时那样自在。于是约翰只想安适地独处，不想再和同学一起玩了。

约翰的父亲是一位智慧而认真的人。他经常带着约翰散步，穿过树林，越过沙丘。父亲说话很少，约翰跟在他后面几步远的地方，和遇见的花儿说话，和一直站在那儿的老树说话。每当约翰用小手轻抚着老树粗粝的树干，它们总是友好地发出“沙沙沙”的声音表示感谢。

有时候，父亲会在沙滩上写字，一个字母接着另一个字母，约翰就拼读出它们组成的词。父亲有时会停下脚步，告诉约翰他们正经过的植物和动物的名字。

有时候，约翰会听到、看到很多奇怪的事，也会问一些傻傻的问题：为什么这个世界是现在这个样子？为什么植物和动物必须死？奇迹是否发生过？约翰的父亲是个智慧的人，他并没告诉约翰自己所知道的一切，这对约翰是有好处的。

每晚睡觉前，约翰都会做一个长长的祷告，这是保姆教他的。约翰为父亲祈祷，为普勒斯特祈祷。西蒙呢？西蒙不需要吧，约翰想。当然他也会为自己祈祷，而且几乎每次都以祈愿奇迹发生作为结尾。当约翰说“阿门”的时候，他好奇地环顾半黑的屋子，看着壁画、挂钟、门把手——画中人在昏暗的光亮中显得更加奇异，挂钟仍然“滴答，滴答”以固有的节奏走着，门把手也毫未松动，夜色越来越深……约翰终于酣睡了，奇迹没有发生。

但总有一天会发生的，约翰确信。

二

这是一个闷热的傍晚，湖水沉寂。太阳忙碌了一天的工作，靠在世界的尽头。他面色红润，脸庞完美地映照在明镜般的池面。山毛榉树静静矗立在湖边，凝视着自己的倒影。孤独的苍鹭，单腿直立在睡莲的阔叶之间，似乎忘了捕捉青蛙的初衷，低头沉浸在思索中。

约翰来到草地上，凝望着云上的洞口。突然，“扑通，扑通!”青蛙跳入湖中，溅起水花，湖面泛起涟漪，太阳在湖面的映彩被打碎了，山毛榉叶不悦地沙沙作响，他们还没看够自己的倒影呢。

一艘破旧的小船系靠在山毛榉树裸露的根上，约翰曾被严令禁止登上它，可是，现在的诱惑多大啊！太阳即将沉落，云层已经分开，扩散出一个宽阔的入口，散碎的小云片往边缘堆叠，就像身着金色盔甲的士兵。湖水泛映着残霞，光影交错在水面芦苇丛中，透出的红光闪耀犹如飞箭。

约翰慢慢解开系在裸根上的缆绳。噢，小船飘动起来了，一直往那光亮的地方飘去!

他还没反应过来，普勒斯特已经跳上了船，芦苇已经把小船推荡出去了。就这样，一直朝着落日的方向，小船进发了。

约翰靠在船头，眼睛直视远方云洞的正中。“翅膀!”他想，“现在要有翅膀，我应该能飞到那儿!”太阳消失，云彩炫若喷火，东方的天空渐变深蓝，岸边柳树的银色细叶安静地坠挂树梢，像衬照夜空的苍绿花边。

听！那是什么？湖面似乎掠过一丝呼吸，像一阵轻风，在水面吹拂起一弧凹圈。这阵风从沙丘上来，从那个云中洞穴吹来。

突然，约翰发现一只巨大的蓝蜻蜓停在船舷，他从没见过这么大的蜻蜓。它停在那儿，翅膀却飞颤如巨大的圆弧，翅膀尖几乎化为一圈光环。

“这是一只会发光的蜻蜓!”约翰想，“是极少见的。”

光环的圆弧越来越大，蜻蜓翅膀拍动得越来越快，约翰只看到一层薄雾。薄雾中，他看到一双闪烁的眼睛，一个细长的闪光的身影，穿着浅蓝上衣，坐在刚才蜻蜓停靠的地方。金色头发上戴着白色旋花的花环，薄纱般的翅膀闪闪发亮，如同千万种色彩的皂泡——狂喜的战栗传遍约翰全身，这是奇迹!

“你能做我的朋友吗?”约翰低声问。

这种和陌生人问话的方式有些奇怪，可此刻不同寻常。约翰甚至有一种感觉，他好像早就认识这个奇异的天蓝色精灵了。

“是的，约翰。”约翰听到了回答，这声音犹如夜晚微风吹拂着莎草的沙沙声，又如树林中雨落在叶上的飒飒声。

“你叫什么名字?”约翰问。

“我出生在旋花花冠中，就叫我旋儿吧。”

旋儿笑着，友善地看着约翰，约翰感到从未有过的幸福。

“今天是我的生日，”旋儿接着说，“我出生在这儿附近，太阳的最后一道光是我的爸爸，月亮的最初一束光是我的妈妈。荷兰人用‘她’来称呼太阳，其实是不对的。太阳是我的爸爸。”

于是约翰决定，明天在学校的时候，一定称呼“太阳”为“他”。

“看！妈妈闪耀的圆脸露出来了！您好，妈妈！噢，您好像不高兴啊！”

旋儿指着东方的地平线，灰色的天幕上，月亮正缓缓升起，扬着宽阔的光亮的面庞。柳树嫩枝后，衬映着月亮银色的圆盘，她的脸确实带着忧思。

“噢，妈妈，不要紧的，我相信他。”

旋儿愉悦地扑扇透明的翅膀，手捧鸢尾花，轻触着约翰的脸颊。

“妈妈不喜欢我和你说话。你是第一个和我对话的人，可我相信你，约翰。但你必须永不向人提及我的名字，也不要提及我的事。你能答应我吗？”

“我答应你，旋儿。”

对约翰而言，这一切太奇妙了，他感到莫可名状的幸福，又唯恐这幸福瞬间消失。这是在做梦吗？身旁卧着普勒斯特，正安静地酣睡，他温暖而均匀的呼吸，确证这一切不是梦境。蚊虻们盘旋在湖面上，在闷热的空气中跳舞，一如往日。所有这一切都如此清晰而真实。这一定是真的。旋儿对他深信的目光，时时刻刻垂落在他身上。恍然间，约翰又听到甜甜的低语：

“其实我经常在这里见到你，约翰。当时，你知道我在哪儿吗？有时候，我坐在湖底沙面上，在繁密的水草间，抬头就看见你了。你当时在俯身喝水，在抓黑甲虫或小蜥蜴，并未看见我。有时候我还会藏在你附近的芦苇中，天气暖和时，我常睡在芦苇间的柳莺巢里，那里柔软舒适。”

旋儿愉快地在船舷上摇晃着，手中的花儿轻轻拍打着小虫。

“现在，我来到你身边。你的生活太无趣。我们将会是好朋友，我会告诉你很多事——比你学校老师告诉你的更多。老师是不知道很多真相的。如果你不相信，我会带你去眼见和耳闻这些真相。让我把你带在身边，一起去看看世界吧。”

“噢，旋儿，亲爱的旋儿，你能带我去那儿吗？”约翰叫起来，指着天际太阳沉落处云层金门透出的紫光。瑰丽的云洞早已消散为灰色的薄雾，但在更远更深的云层，依然透出玫瑰红的色彩。

云光照亮了旋儿精致的脸庞和金色的头发，他望着那片光，轻轻摇了摇头：

“不，现在不。你现在不能一下子要求太多，约翰。我自己都没去过我爸爸家呢。”

“可是我一直都住我爸爸那儿啊。”约翰说。

“不，他不是你的爸爸。我们是兄弟，我的爸爸也是你的爸爸。只是，你的妈妈是地球，所以我们很不一样。你诞生在人间的一所房子里，我好多了，诞生在旋花花瓣中。但不论怎样，我们在一起也会很融洽的。”

旋儿从船上轻轻跃起，他轻盈的体重没让船有丝毫摇晃，他吻了吻约翰的前额。

约翰身上发生了奇妙的变化，一切都不一样了。他似乎对一切事情都看得清楚明白，正如他想象的那样——约翰看到，月亮用更友善的目光看着他们，睡莲脸上露出略带忧思的惊愕表情。他突然明白了，为什么昆虫会那么欢乐地跳舞，忽高忽低，绕成一个个圈，用他们长长的腿触碰湖面。以前他经常为此迷惑，而现在他瞬间全明白了。

他还听到芦苇和岸边的树说着悄悄话，芦苇抱怨说，太阳下山了！

“噢，旋儿！谢谢你，这太好了。你说得对，我们会快乐地在一起的！”

“把你的手给我。”旋儿说，张开他五彩的翅膀，一面拉着约翰，一面驱船前行。小船穿行在洒满月光的湖面落叶间。

一只青蛙坐在落叶上，当约翰经过，他却没跳入水中，而是礼貌地鞠躬打招呼“呱呱”，约翰也礼貌地鞠躬回应，他不能显得没有教养。

小船行驶到芦苇丛，芦苇高耸，遮没了整条小船，靠不了岸。约翰紧握旋儿的手，跟着旋儿踏着芦苇茎爬到岸边。

约翰感到自己正在变小变轻，这种感觉很奇妙，他从来没爬上过纸莎草啊。

“现在，把你的眼睛再睁大些吧，”旋儿说，“你会看到更炫的。”

他们穿行在高高的草丛中，黑黑的矮树丛下，这儿那儿投下一道道明亮细长的月光。

“你听过蟋蟀们傍晚时分在沙丘上唱歌吗？那就像一场音乐会。你不知道那些歌声从哪里来吧？这些声音是从蟋蟀学校里发出来，他们歌唱，不是因为快乐，而是在上课。那里有成百上千只小蟋蟀在上课。嘘！我们正在靠近他们。”

“嘶尔！”“嘶尔！”

矮树丛变得稀薄了，当旋儿用花拨开草茎，约翰看到一片美丽的林中空地，细细尖尖的草丛中，蟋蟀们正忙着朗读课文。

“嘶尔！”“嘶尔！”

那个壮实的大蟋蟀是他们的老师。学生们一个接一个的，向前一步跳到他面前，再向后跳一步退回去。没有跳好的蟋蟀，就要在羊肚菌上罚站。

“听他们说吧，约翰，”旋儿说，“也许你也能从中学点什么。”

那些蟋蟀说的，约翰能听懂，但这些和他在学校里学的完全不同。首先是地理课：蟋蟀们对地球的区域划分一无所知，只知道二十六个沙丘和两个池塘，其他就都不知道了。蟋蟀老师说，除此之外的一切都是空洞的幻想。

植物学的课程开始了，他们很精通，因此获得了很多奖品，包括最嫩最甜的、长长短短的草叶子。

约翰最搞不懂的是蟋蟀们的动物学。动物被分为三类：能跳的、能飞的和能爬的。蟋蟀能跳又能飞，于是被列在最高级，仅次于蟋蟀的是青蛙。然后是能飞的鸟类，蟋蟀们认为鸟类是最恶毒最危险的物种！说到这儿他们脸色都变了。最后说人类了：这是一种大而无用，处处为害的物种，处于很低的等级，因为人既不能跳跃，又不能飞翔，幸好他们很少遇见蟋蟀！一个特别小的蟋蟀，因为从来没见过人，把人归到无害的物种里，就被罚了三记芦苇鞭。

约翰以前可从未听过这些说法！

突然，老师喊起来："安静！跳跃练习！"

小蟋蟀们迅速停止课堂学习，开始机灵敏捷地练习蛙跳，那个壮壮的老师引领着他们。

这个场面真的太欢乐，约翰情不自禁鼓起掌来——掌声刚落，突然整个课堂消失了！蟋蟀课堂瞬间变成了沙丘，草地上一片死寂。

"瞧你干的好事！约翰，你这么没礼貌，一看就知道是从人类中来的！"

"真的很抱歉！我会尽量克制的，可这一切真的太有趣了！"

"还有更有趣的。"旋儿说。

他们经过草坪，越过丘陵，到了山丘另一边。呀，走在厚厚的沙地里，脚步一下子就沉重了。可是，一抓住旋儿那件透明的蓝衣，约翰马上就飞了起来，轻轻地，旋转起来。路上经过一个兔子窝，一只兔子在洞口趴着，头和前腿搭在窝边。这里有一片盛开的野玫瑰，它们甜蜜、微妙的芳香，和沙丘上百里香的微香融合在一起。

约翰经常看见兔子跳进洞里去，他很想知道，兔子洞里面是什么样子？兔子在洞里面是怎么坐在一块儿呢？他们会觉得拥挤、憋气吗？

正想着，突然听到旋儿问兔子：“我们可以参观兔子洞吗？”约翰欢喜雀跃起来。

“我是欢迎你们的，”兔子说，“但很不巧的是，我刚刚把我的窝借出去做慈善典礼了，所以现在我也不能完全为自己的窝做主。”

“亲爱的！是发生了什么事吗？”

“是的！”兔子悲伤地说，“一场可怕的灾难！我们还需要过几年才能从悲伤中缓过来。大约几十步远的地方，有人建起了一座大房子，这么大，这么大！人住进来了，带着他的狗。我们家七个成员都被杀害了，还有三倍多的兔子窝被抢掠。老鼠和鼹鼠的家都被毁灭了。甚至连蟾蜍家也未能幸免。所以，现在我们要开慈善大会救助幸存者。大家各尽所能，我让出了自己的窝，我们总该为同类留下点东西。”

兔子哀叹一声，用右前爪把长耳朵拉下来盖住自己的脸，似乎在擦眼泪，耳朵就是他的手帕。

突然，草丛中一阵沙沙声，一个矮胖的身影慢腾腾地走向洞口。

“看，”旋儿说，“蟾蜍爸爸也来了，背都驼了。嗨，老人家，您还好吗？”

蟾蜍没有回答，他轻轻地把干叶子整齐包好的谷穗放在洞门旁，然后敏捷地跳过兔子的脊梁，进入洞中。

“我可以进来吗？”约翰问道，带着有点过分的好奇心，“我会赠您一些礼物。”

他突然记起自己口袋里有一块饼干，“亨帕”小圆饼干。当他从口袋里拿出饼干的时候，才发觉自己已变得那么小了——饼干好重，他用两只手才能勉强捧住，他也不明白为什么自己的口袋还能装下。

“这是多么珍贵的礼物！”兔子喊道，“无价的馈赠！”

兔子礼貌地让开身子，旋儿和约翰走进洞中。洞很暗，旋儿领着约翰。很快，前方飞来一个淡绿的光点，这是一只萤火虫，专门负责为他们引路。

“这会是一个美好的夜晚。”萤火虫边前行边说，“来了好多好多客人啊。我看，你也是一只精灵吧，不是吗？”他疑惑地看着约翰。

“你可以称我们为精灵。”旋儿说。

“你知道你们的国王在宴会上吗？”萤火虫继续说。

“奥伯龙吗？噢，太高兴了！”旋儿说，“他是我的密友。”

“啊呀！”萤火虫说，“我不知道我有这个荣幸——”惊喜中他的光差点熄灭了。

“是的，陛下惯常喜欢户外的空气，但他也经常参加慈善晚会。这真的会是个很灿烂的夜晚。”

确实如此，兔子洞的礼堂装饰得十分美丽，地面平整，铺满了芬芳的百里香；门口倒挂着一只蝙蝠，他禀报着来客姓名，同时翅膀当帘子用——这真是个巧妙的安排！礼堂墙上都用枯叶、蛛网、倒挂的小蝙蝠极有趣致地装点着。无数的萤火虫飞舞往来，在墙上、天花板上形成一排排精美闪烁的照明灯。礼堂尽头是君王宝座，由木头雕刻而成，自带一份美丽的光彩。眼前的一切真是太美了。

客人极多，约翰在人群中很害羞，紧紧跟着旋儿。这里的一切都令他无比新奇：一只鼹鼠正和田鼠谈论这里迷人的灯光和装饰；两只胖胖的蟾蜍坐在角落，谈到长久以来的干旱，不停地摇头哀叹；有只青蛙本想和蜥蜴手挽手在房间里走走，可是好像很难做到，就兴奋急躁地跳来跳去，把墙上的装饰弄得乱七八糟。

精灵之王——奥伯龙坐在宝座上。几个精灵侍卫环绕着他，略带轻蔑地看着台下来宾。国王纡尊降贵，和几个来宾亲睦交谈。他刚刚从东方旅行归来，身上披着一件奇异的长袍，由靓丽的花瓣制成。“这些花瓣并非生长此处。”约翰心想。国王头上戴着深蓝色的花杯，那散发着新鲜的香气，像是刚被采摘下来。他手里还拿着一支荷花雄蕊，这是他的御杖。

所有来宾都默默赞赏着国王的谦恭亲睦。国王赞美洒满草坪的月光，还说，这里的萤火虫如此美丽，一如东方美丽的火萤。他赞叹这里的装饰，和蔼地点头称许。

“跟我来，”旋儿说，“我向国王引荐你。”他带着约翰来到宝座旁。

看到旋儿，奥伯龙惊喜地过来拥抱。人群中议论起来，精灵侍卫用不友好的眼光看过来。两个胖胖的蟾蜍在角落里嘀咕，隐隐能听到“谄媚”“奉承”“不能持久”等话，还颇有意味地互相点头。旋儿用奇异的语言和奥伯龙说话，说了好长一段时间。随后，他又传召约翰过来，面见国王。

“握握手吧，约翰，”国王说，“旋儿的朋友就是我的朋友，很高兴能为你做点什么。这是我们盟族的信物，送给你。”

奥伯龙从自己的项链中摘下一枚小小的金钥匙，递给约翰。

约翰恭敬地接受了这份珍贵的礼物，紧紧握在手中。

“这个小钥匙会带给你好运的，”国王说道，“它可以开启一个装满无价之宝的金盒子，但我不能告诉你这个宝盒在哪里，你需要努力地寻找。如果你一直是我的朋友，旋儿的朋友，坚定而诚实，你将很快找寻到这个宝盒。”

英俊的精灵之王慈爱地向约翰点点头，约翰心中喜悦，感激不尽。

近处是三只青蛙，他们坐在潮湿的苔藓垫子上，开始鸣响华尔兹的前奏。一对对舞伴纷纷站起来。一只绿色的蜥蜴，是这场晚宴的总管，他前后奔忙着，请那些不跳舞的坐到边上去；两只蟾蜍，抱怨着他们看不见国王了；随后舞会开始了。

起初，舞会场面很滑稽。每个人都按自己的舞步在跳，并自以为比其他人跳得好。老鼠和青蛙都用自己的后腿尽力跳到最高；一只年长的老鼠大幅度地转着圈，周围的宾客不得不给他让出空间来；一只胖胖的鼻涕虫，试着拉起鼹鼠转圆圈，可她很快就放弃了，借口说腰疼——其实是她根本就跳不好。

但是，舞会仍然非常庄严地进行着。每个人都把这当成一件盛大的事情，都在注视着国王，希望获得国王的认可。可国王始终不动声色，他担心自己任何一个认可都会引起嫉妒。他的随从也没动，他们觉得和其他来宾一起跳舞有失身份。

约翰在客人中安静地坐了好长一段时间，突然看到一只小蟾蜍和一只高个儿蜥蜴在跳华尔兹，蜥蜴不时把这只倒霉的蟾蜍举起，让她在空中画个半圆……约翰实在忍不住，大笑起来——

这笑引起了多大的震动！音乐停止了。国王嗔怒地看着约翰。宴会总管飞奔过去，严厉地斥责约翰，告诉他言行必须得体。

“跳舞是一件非常认真的事，”总管说，“你不能嘲笑它。这是个独一无二的舞会，没人把它当成一件娱乐的事。每个人都在尽力跳到最好，没有人愿意被嘲笑。你这样嘲笑真的是很无礼的。这是一个悼念的晚会，是一个悲伤的场合。你要让自己的行为得体，而不能像个人类。”

约翰害怕起来，目光所及，到处是仇视。他和国王的亲近本就让他树敌颇多。旋儿把他叫到一边。

“我们快走吧，约翰，”旋儿悄声说，“你搅浑了这场舞会。是的，也许因为你在人类中长大，教养就这样。”

他们慌忙从守门的蝙蝠翅膀下溜了出去，跑进黑暗的通道。萤火虫在门口恭敬地等候：“你们在里面开心吗？国王奥伯龙和你们谈话了吗？”

“是的，这是一个美好的宴会。”约翰回答，“你要一直待在这个黑暗的过道里吗？”

“是的，我就想在这儿，不想进去。”萤火虫的回答里略带忧伤，“我不想再参加这样无聊的聚会了。”

“拜托，”旋儿说，“你并不是真的这么想，对吧？”

“我真是这么想的——千真万确。以前——以前——有一段时间，我也会去参加宴会，去跳舞，也喜欢这种轻浮的快乐。但现在我正在悲伤里——现在——”他心情激动，身上的光竟然也黯灭了。

幸好，他们已快到洞口，兔子听到声响，往旁边挪了挪，月光照了进来。

“萤火虫，是发生了什么不幸的事吗？”他们和兔子一起走出洞口，约翰问道。

“唉，”萤火虫哀叹一声，“这是一个简单而悲伤的故事，我会让你难过的。”

“说吧，继续说吧！”大家嚷起来。

“好吧。你知道，我们萤火虫是天赋异禀的生物。是的，我相信，没人能否认，我们是已存在的生物中最有禀赋的。”

“为什么？我不这么认为！”兔子说。

“你能发光吗？”萤火虫轻蔑地说。

“当然不能。”兔子不得不承认。

“对吧，我们能发光！所有萤火虫都会发光，可以自由地点

亮或熄灭萤火。光是自然最高的馈赠，发光是所有生物中最高的禀赋。谁能质疑我们这种卓越的能力？除此之外，我们雄性萤火虫还有翅膀，可以连续飞几英里。”

“我确实无法做到。”兔子谦卑地说。

“因为我们有发光的天赋，其他生物都是尊重我们的，没有鸟类会袭击我们。只有一种动物——最低等的动物，搜寻我们，毁灭我们——这就是人，生物界中最卑劣的怪物！”

说到这儿，约翰惊讶地看着旋儿，似乎不懂其意。可旋儿微笑着，让约翰不要说话。

“有一天，我正欢乐地在空中飞着，闪着灵动的光，穿过黑暗的灌木丛，越过孤独的湿地，停在小溪岸边。她，也在那里，她是如此牵动着我的幸福。她穿过草茎，闪耀着华美的碧玉般的光芒，如此强烈地蛊惑了我少年的心。我在她身边飞舞，不断改变光亮的颜色，以此来牵引她的注意——她终于注意到我了，似乎接受了我的敬礼，腼腆地韬晦了她的光。因为感动，我幸福得浑身颤抖，正要收起翅膀，降落到我心爱的人身边……突然，一阵巨大的声响袭来，几个黑影向我们靠近：他们是人！我惊恐地飞走了，他们在后面狂追我，拿着黑黑的东西袭击我。但我的翅膀轻盈，比他们粗笨的腿快得多，就这样，我逃脱了——可是当我回来——”

他哽咽了，接着是一阵沉寂，三位听众也沉默着。萤火虫继续说道：

“你们猜到后面的故事了吧。我温柔的未婚妻，这世上最灿烂最光明的人，消失了，被恶毒的人捉去了。那片原本安静而湿

润的草地，如今被践踏。她最爱飞舞的那个地方，小溪旁，如今也变得黑暗而荒芜。我现在是孤单一人了！”

善感的兔子又拉下耳朵，拭去了自己眼角流下的泪。

“从那个晚上开始，我完全变了。我厌恶一切轻浮的娱乐，我只想着我失去的爱人，只想着如何再见到她。”

“什么？你还心存希望吗？”兔子惊讶地说。

“不止是希望，我确信。我一定会再见到她。”

“可是——”兔子正要插话。

“兔子，”萤火虫严肃地说，“我理解你在黑暗中彷徨的怀疑心情，但眼见为实，所有的怀疑我都不予理会！看——”萤火虫说，敬畏地仰望着星光闪闪的夜空，“我能看到他们——我的祖先、我的朋友，还有她——他们闪耀着光芒，比他们先前在地球上闪烁的光芒还要耀眼。她正温柔地闪光看着我。呵！我该如何摆脱这低劣的生活，飞到她那儿去！什么时候？什么时候？”

萤火虫长叹一声，又飞回黑暗中。

“可怜的萤火虫！”兔子说，“希望他好好的。”

“但愿。”约翰说。

“我也很担心，”旋儿说，“他真让人感动。”

“亲爱的旋儿，”约翰说，“我太累了，想睡了。”

“靠着我，我用披风盖着你。”

旋儿脱下蓝色的披风，盖在约翰和自己身上。他们相拥而卧，躺在草地上。

“你们的头枕得太低了，”兔子说，“你们愿意枕着我睡么？”他们无法拒绝。

“晚安，妈妈！”旋儿对月亮妈妈说。

约翰把那枚金钥匙紧紧握在手中，头枕在善良兔子的绒毛上，安然入睡了。

三

喂，普勒斯特，你的小主人呢？他在哪儿？在芦苇丛中的小船里醒过来，普勒斯特突然发现自己孤孤单单，约翰不见了！

这可真让人担心害怕！可怜的普勒斯特狂奔起来，有点害怕又有些抱怨地，到处寻找约翰。你怎么睡得那么死，在主人离开的时候一点都没察觉呢？平常都是他动一下你就会醒来的啊！看这儿——你知道小主人是从这儿上岸的，可是现在脚印也变得模糊了，你灵敏的鼻子不停地嗅啊嗅的，都不管用了！真不幸，小主人消失了，悄无声息地。普勒斯特，快去找吧！

慢着！看前面那座岗坡——有一个黑色的小身影躺在那儿，快上前去看看！

普勒斯特静静地站了一会儿，眼神热切地望着远方。突然，他伸长脑袋，用尽四腿全力，向着山岗上那个黑色的身影飞奔过去。

这真的是他望眼欲穿的小主人！他体力耗尽，无力表达狂喜和感激，只是兴奋地摇晃着尾巴，扭动着身体，跳跃、叫唤，把凉凉的鼻尖放在刚刚找到的主人身上，在主人脸上又舔又嗅。

“安静点！普勒斯特，快回到你的篮子里去！”约翰半睡着大声说。

多傻的主人啊！四下里哪有篮子啊，看看他现在到底在哪儿！

慢慢地，睡梦中的约翰清醒些了。普勒斯特在嗅他！每天早上都如此，约翰早已习惯了。此刻，昨日的画面仍然隐约萦绕在脑海，月光下的精灵仍然在梦境般的画面里，像清晨沙丘上弥漫的薄雾。他深怕早晨的凉风会将这一切吹散。“闭上眼睛，”他对自己说，“不然我又要看到墙上的挂钟了，和以前一样！”

但这床似乎有一点奇怪，他感到身上没有被子。轻轻地，小心翼翼地，他微微睁开眼睛。

灿烂的阳光。蓝天。白云。

约翰睁大了眼睛：“这是真的吗？”

是真的。他正躺在沙丘上。灿烂的阳光温暖着他，他呼吸着清晨新鲜的空气，树林上方弥漫着一层薄雾。湖边上依然站立着山毛榉树，灌木丛环绕着自家的屋子。蜜蜂和甲壳虫在自己身边嗡嗡作响，百灵鸟在上空盘旋歌唱。远处是狗的吠声，旁边的城镇在悄悄低鸣。这一切都是真的，无可置疑。

那么他梦见的是什么？到底什么是真的？旋儿在哪儿？兔子在哪儿？

他们都不见了。只有普勒斯特，他尽可能近地靠着约翰，充满期待地看着他。

“难道我在梦游吗？”约翰喃喃自语。

约翰旁边有一个兔子洞，不过这在沙丘倒挺常见的。他坐起来，想看得更清楚些。可是，自己手里紧紧攥着的东西是什么？

约翰张开手掌，一道光从头到脚照亮了他全身，这是一把金钥匙，约翰呆住了。

“普勒斯特，”约翰说，泪水几乎溢出眼眶，“普勒斯特，这一切都是真的！”

普勒斯特一跃而起，叫唤着，想让小主人知道自己饿了，他想回家。

家？当然。约翰没有想家，也不是特别想回去，可随即听到有人高声喊自己的名字。他意识到他的经历可能不被认可，待他到家，等待他的恐怕不是什么好话。

想到这儿，约翰心烦意乱，喜悦的泪水也变成了恐惧和悔恨的泪水。可是，他一想到自己的朋友旋儿，想到精灵国王的钥匙，想到那些曾经发生过的奇异美好的一切——他平静地回家了，对即将到来的倒霉事他做好了准备。

事情正如他所预料，但他没想到家人这么担心他，这么严肃地警告他。家人要他郑重保证，以后不再这样淘气和任性，但约翰此时已完全恢复了镇静。

“我不能保证。”他坚决地说。

家人惊奇地看着约翰，于是又对他询问、哄劝，甚至威胁。可约翰不为所动，一想到旋儿，他就坚定起来。只要有旋儿和他做朋友，他怕什么责罚？他手里紧紧攥着金钥匙，守口如瓶，对每个问题都是耸耸肩，回答：“我不能保证。”

终于，父亲说：“让他安静一会儿吧，他对这事特别上心，看来一定是碰上了某种奇事，总有一天他会告诉我们的。”

约翰笑了，默默地吃完早餐，蹑手蹑脚地回到自己的小房间。他剪下一条窗幔的绳子，穿上宝贝钥匙挂在脖子上，贴身垂放在胸前，高兴地上学去了。

在学校里，一切都变得很糟。约翰无心听课，对功课一无所知。他的思绪总是飘回大湖，回想起昨晚发生的奇迹，他不明白，作为一个仙王的朋友，竟然还会被要求做算术题、列出动词词形变化……可事情就是如此，没有人知道约翰昨晚经历的一切，也没有人会相信和理解他，老师也不理解，甚至对他很生气——因为约翰对功课漫不经心，老师轻蔑地称他是懒东西，并且惩罚他做练习题。

"你们没有一个人懂得这些，随便你们怎么责备我。我是旋儿的朋友，对我来说，旋儿比你们所有人加起来都重要。嗯，包括老师在内！"

约翰这样是不尊重人的。但在昨晚听到那些动物对人类同胞的不好议论后，他对同胞的看法也大不如前了。但像往常一样，他还没聪明到可以运用智慧来保守秘密。

老师继续说："宇宙万物中，只有人被上帝赋予说话的能力，人高于万物，是万物之王……"约翰不禁笑出了声——老师严厉斥责他，并对他记过。

随后，约翰的同桌看着练习本朗读文段："我固执的姨妈已经很老了，可是没有太阳她老人家老。"他用女性的"她"称呼太阳，约翰立刻大声嚷起来纠正他："是'他'，男性的'他'！"

大家都笑了，唯独老师没有，他对这个愚蠢的说法感到惊讶。老师让约翰待在学校，抄写这段话一百遍："我固执的姨妈已经很老了，可是没有太阳她老人家老，而我的自负和愚蠢更是由来已久。"

同学们都放学回家了，老师也离开了，临走时重重地关上教室的门。空荡荡的教室里，约翰独自一人在抄句子。阳光洒了进来，光波映衬出空气里飞扬的灰尘，随着时间流动，斑驳的光影在教室墙角移动着。

约翰正抄着“固执的姨妈”到第五十二遍，突然看到一只小巧敏捷、长着黑亮眼睛和绸缎般耳朵的老鼠，从最远的角落蹦跳出来，悄无声息地从墙边走过。约翰对这可爱的小东西倒不害怕，安静地看它到底要怎样。可是这个小家伙竟然一点都不害羞地走近约翰的座位，用黑亮的小眼睛机警地望了望四周，然后纵身一跃，迅捷地跳到椅子上，再一跃，跳上了约翰写字的桌子。

“真厉害！”约翰说，“你真是个勇敢的小老鼠！”

“我知道有些人不用害怕。”小老鼠用细细的声音说，露出洁白的小牙齿，似乎在笑。

约翰现在对奇事已习以为常了，但此刻还是睁大了双眼，在中午时分的学校，遇到这样的事，还是挺不可思议的。

“别害怕。”约翰温柔地说着，生怕自己的声音惊吓到这个小家伙，“是旋儿让你来的吗？”

“我来这儿是要告诉你，老师说得很对，你现在被罚抄写也是应该的。”

“可这是旋儿告诉我的，太阳是男性，太阳是他的爸爸。”

“是的。但其他人没必要知道这个啊，这和人类有什么关系呢？你绝不要和人去讨论这些事；他们是那么粗鄙，怎么可能理解这个？人类是一群刚愎自用愚蠢无比的家伙，他们只知道在能力范围内捕捉和杀害生灵，我们老鼠就深受其害。”

“那你们老鼠为什么要和人住在一起呢？你们为什么不跑到树林里去？”

“唉，现在不能再回到树林里了，我们已经非常习惯城市生活了。只要我们谨慎行事，避开他们的机关圈套和粗重脚步，还是可以在人类中生活得不错的。幸亏我们行动敏捷。最糟的是，人类和猫结盟壮大力量，弥补了他们行动迟缓的不足，这是最可气的。可是如果我们回去树林，那里有猫头鹰和老鹰，会让我们很快灭绝……好了，约翰，记住我刚才的话，我要走了。老师快来了。”

“老鼠，老鼠，不要走！问问旋儿，我能用小钥匙做些什么。我现在贴身带着，挂在脖子上。可我周六就要洗澡，怕到时候被人发现。告诉我，怎样才能妥善保管它？”

“地下是最安全的，就放地下吧！要我来帮你保管吗？”

“不要在学校这儿。”

“那咱们出去埋在沙丘里。我告诉我的表哥田鼠，他会好好看护它的。”

“谢谢你，小老鼠。”

嗵！嗵！老师进来啦！约翰赶紧拿起笔来写字，老鼠一溜烟跑了。老师想回家，于是赦免了约翰还没写完的四十八行。

这两天，约翰一直处于恐惧中，他被严格控制在监视范围内，没机会溜到沙丘那儿去。已经周五了，那枚珍贵的钥匙仍然挂在他的脖子上，可明天就要洗澡了，钥匙会被发现并被摘下来的！一想到这儿，约翰的血都凉了。他也不敢把钥匙藏在房子或花园里——家里似乎没有什么地方是足够安全的。

周五下午，日暮降临。约翰坐在卧室窗户旁，眼神渴望着远方，从花园的碧绿灌木丛，一直到远方的丘陵。

“旋儿，旋儿，快帮帮我！”他低声渴求。

“沙沙沙”，倏然，轻轻扇动翅膀的声音临近了，一阵铃兰的清香飘来，耳边又传来那甜甜的、熟悉的嗓音。

旋儿降落在约翰坐着的窗台上，挥动着一枝长梗的铃兰。

“你终于来啦！”约翰哭起来，“我好想你啊！”

“跟我来，约翰，我们把小钥匙埋起来。”

“可是，我无法做到啊。”约翰忧伤地说。

可是旋儿擒住约翰飞了起来，约翰感到自己如同被微风吹起的蒲公英，轻盈地飘扬在静寂的晚风中。

“旋儿，”约翰飘浮着说，“我这么喜欢你，世上所有的人加在一起，都不如你重要，包括普勒斯特。”

“还有西蒙呢？”

“其实，西蒙根本不在乎我是否爱他，他肯定认为这很孩子气。西蒙只喜欢那位卖鱼的女人，而且也只是他饿的时候。难道你认为西蒙是一只普通的猫吗，旋儿？”

“不，他先前是一个男人。”

“砰！”突然，一只胖胖的金龟子撞在约翰身上。

“你就不能看着点吗？”金龟子抱怨说，“精灵到处飞来飞去，好像整个天空理所当然都属于自己似的。总有游手好闲的家伙任性地飞来飞去。像我这种忙正经事，努力地找吃的，却被赶到路旁了。”他大声斥责着约翰，然后飞走了。

“就因为我们没吃东西，他就认为我们很差劲吗？”约翰问。

“是吧，金龟子就那样。对他们来说，最高的任务就是吃。要我给你讲个小金龟子的故事吗？”

“好啊，讲吧！”

“从前，有一只可爱的小金龟子。他在暗无天日的土壤中待了很久很久，期待着泥土外的第一个温暖夏夜。整整一年后，小金龟子终于破土而出。第一次看到青枝绿叶、波浪般的绿草、唱歌的小鸟时，他被眼前的世界震慑住了。初来地面，小金龟子也不知道自己该做些什么，只是试着用触角碰碰草叶，然后将触角展开成扇形……他发现自己是一只雄性金龟子，特别英俊的那种，有黑亮的腿脚和壮硕的身体，还有像镜子一样闪亮的护胸甲。

“小金龟子很走运，没多久就遇到另一个金龟子，显然没他好看。他比小金龟子早一天破土而出，已经变得很老了。作为年轻一辈，小金龟子礼貌地上前打招呼。

“‘你需要什么，我的朋友？’看到对方是个年轻人，老金龟子傲慢地说，‘你是想问路吗？’

“‘不，谢谢您，’小金龟子谦恭地说，‘但我不知道该做什么，什么是金龟子应该做的事呢？’

“‘哎呀，’老金龟子说，‘你不知道吗？嗯，不怪你，因为我也曾这么年少无知过。听着，我现在告诉你，金龟子生命中最重要的原则就是吃。不远处是一片可口的酸橙林，这是专门为我们种的，我们的任务就是去那儿尽情地吃。’

“‘是谁把酸橙林种在那儿的？’小金龟子问。

“‘是一个非常友好的大家伙。他每天早上从林荫大道过来，把那些吃饱的金龟子们带到一个闪亮的房子里，在那儿金龟子们快活极了。而那些不吃东西，夜间飞来飞去的金龟子，却被蝙蝠抓走了。’

“‘蝙蝠又是什么？’小金龟子问。

“‘是可怕的恶魔，他长着尖利的牙齿，会突然飞下来，嘎巴两下就把我们吃了。’

“正说着，头顶上一阵刺耳的吱吱声让他们冷意刺骨。‘啊，这就是蝙蝠！’年老的金龟子叫起来，‘小心他，我的小朋友，你真要感谢我及时提醒你了。现在你一定要好好利用时间，你还拥有整个夜晚呢。你吃得越少，被蝙蝠抓住的概率就越大。只有那些在生命中履行重要使命的人才能进入那美丽明亮的房子，记住，是重要使命。’

“说完，年长的金龟子消失在草叶中，小金龟子被他的话深深打动了。

“你知道重要使命是什么吗，约翰？不知道？是的，小金龟子也不知道。但他明白，这一定和吃有关系。可是该如何去找那片酸橙林呢？

“近处是一根修长却坚固的草茎，在晚风中轻轻地摇曳着，小金龟子用六条弯腿紧紧抓住草茎往上爬。这是一段漫长而险峻的路途，可是小金龟子决心爬上去。‘这是重要使命！’他自顾想着，一步步地往上爬。他爬得很慢，并且总是滑下来，但他坚持着没有放弃。

“终于，小金龟子到达了终点。站在草茎尖儿上，随着草茎的舞动摇摆着，小金龟子无比满足和幸福。上面的视野真开阔，他似乎看到了整个世界。被空气环绕的感觉太棒了，他大口大口地呼吸着新鲜空气。这是多么奇妙的感觉呵，他还想去更高的地方！兴高采烈的金龟子抬起他的鞘翅，鼓动自己薄纱般的翅膀。飞起来了！更高了！他扇动着翅膀，腿放开了草茎。噢！太好了！呼——呼——他飞起来了——自由地、快乐地，飞翔在寂静温暖的夜空。”

“后来呢？”约翰说。

“结局并不快乐，我以后再讲给你听。”

他们盘旋在湖面上空，一对白色的蝴蝶迎面飞来。

“精灵们，你们要去哪儿？”他们问。

“去那边，山岗上那片开满花的玫瑰丛那儿！”

“我们和你们一块儿去，一块儿去！”

玫瑰丛在远处依稀可见，那里开满了淡黄色的花，花瓣中点缀着红，似乎依稀记得自己还是蓓蕾时的颜色。野玫瑰安静而寂寞地开放，飘散着奇妙的芳香。蝴蝶拍打着翅膀去吻花朵，一朵又一朵地吻着。

“我们来到这儿，是有一件宝物要托付给你，”旋儿对玫瑰说，“你能帮我们保管它吗？”

“为什么不呢，当然可以！”玫瑰细声说，“对我来说，保持清醒并不难，而且我也从未想过要离开这儿，除非我被拔走了，并且我还有尖利的刺呢！”

这时田鼠来啦——就是那个教室老鼠的表哥——他在玫瑰根下挖了一个洞，把小钥匙埋在里面。

“你想再拿出来的时候一定要叫我，我来帮忙挖出来，你绝不能伤害玫瑰。”

玫瑰将她带刺的枝条交织在洞的入口，并郑重宣誓将好好守护钥匙，蝴蝶是见证人。

第二天早上，约翰在自己的小床上醒来了。普勒斯特依然在身旁，钟也依然挂在墙上，但挂在他脖子上的小绳和钥匙都不见了。

四

“孩子们！孩子们！这样的夏天简直太折磨人了！”

顶楼的房间里，三个炉子并排站着，其中一个哀叹着自己的命运。

“都好几个星期了，我都没看到一个活人，也没听过一句正经的话。就这样待在这个空荡荡的地方，太可怕了！”

“我这里面都是蜘蛛网。”第二个炉子说，“这在冬天肯定是不会发生的。”

“我太干了，又净是土。我都不好意思见冬天了！就像诗人说的，冬天来了，黑铁匠又要出现了。”

这诗句当然是第三个炉子从约翰那儿学来的，去年冬天，约翰在炉旁反复读这诗句。

“你不能说这些对铁匠不敬的话。”第一个炉子说，他是炉子们的老大，“我听着烦。”

几把铁铲和火钳平躺在地上，身上裹着防锈的油纸，也对这种轻率的语气表示反对。

突然，他们都不说话了，小阁楼的百叶窗被拉起，一束光冲了进来，照亮了昏暗的屋子。整个屋子不再讨论，沉入灰尘和迷离，沉入死寂。

打断他们谈话的是约翰。这个小阁楼一直是他喜欢的地方，尤其是经历了这些奇异的事情之后，他经常来这儿。这里很安静，又远离他人，还有一扇百叶窗，透过窗户可以看到远方的沙丘。在幽光闪闪的阁楼，当百叶窗被拉起，蓦地看到阳光下笼罩的景致，那遥远的、明亮的、连绵起伏的沙丘，真是妙不可言。

从周五晚在玫瑰那儿存放钥匙算起，已经有三个星期了，约翰一直没再见过旋儿。钥匙不在身边了，没有什么物件证明自己没有做梦，约翰时常怕这一切不过是幻觉。他变得很沉默，这让父亲很担心，觉得自从那个晚上以来，约翰就一直有心事。而约翰只是一直记挂着旋儿。

“他会像我在乎他那样在乎我吗？”约翰自言自语，站在百叶窗旁边，望着前面碧绿的、缀满鲜花的园子，“为什么他不再来找我了？如果我可以的话……不过也许他有其他的朋友，他更喜欢他们。我没有其他朋友，除了他，其他人我都不喜欢！我是那么喜欢他！”

这时，深蓝的天空中飞来六只雪白的鸽子，他们拍打着翅膀，盘旋于约翰所在阁楼上方。似乎受同一念想的驱遣，白鸽们的转向、掉头都敏捷而统一，仿佛在静心享受他们浮游着的夏光和空气。

突然，他们猛地向约翰窗前飞下来，在水管上落定，轻拍着翅膀前后走动，咕噜咕噜叫着。其中一只鸽子的翅膀上有一片红色羽毛，他把这片红色羽毛拔出来，飞到窗台旁交给约翰。

一抓住这片红色羽毛，约翰就感到自己宛如白鸽般轻盈敏捷。鸽子们飞起来了，约翰也伸展手臂——他发现自己置身鸽群之中，飞翔在自由的空气和灿烂的阳光之中。约翰的周围只有湛蓝的天，和微微发光的拍振的白色羽翼。

他们飞过大花园，飞向如同绿色海洋的树林。约翰往下看，透过敞开的窗口，看见父亲坐在屋子里，西蒙在窗前的位子上趴着，两只前腿交叠，舒服地晒着太阳，。

“他们能看到我吗？”约翰想着，但不敢叫他们。

普勒斯特在花园里四处走动，嗅着每一个灌木丛、每一堵墙，抓挠每一个棚子和花房的门，他在寻找着小主人。

“普勒斯特！普勒斯特！”约翰喊着。普勒斯特循着声音抬头看到小主人，兴奋地摇着尾巴叫唤起来，声音里带着哀伤。

“我很快就回来，普勒斯特！等着我！”约翰喊着，越飞越远。

他们飞到树林上空，停在枝头的白嘴鸦飞散开来，喑哑叫唤着。正值盛夏，开满鲜花的酸橙树的香气，云一般地从碧林中升腾。渐渐地，飞近了，飞近了，一棵高大的酸橙树顶端空巢处，是他一直挂念的旋儿！旋儿额上别着旋花花托，向约翰点点头。

“你来了！太好了！”旋儿说，“我派他们领你过来的。这次我们在一起的时间可否再长些？如果你乐意的话。”

“我当然乐意！”约翰说。

约翰谢过领他过来的友爱鸽子，和旋儿一起走入树林。这里绿树成荫，凉爽沁人，有一只黄鹂鸟歌喉婉转，反复念着同一个词语，可是总是念得不一样。

“可怜的鸟儿！”旋儿说，“他曾经是一只天堂里的鸟，从他那奇特的金黄羽毛就能看出来。但他被改变了，还被逐出天堂。有一个暗语，能让黄鹂重新拥有靓丽羽衣并重返天堂，可这个暗语黄鹂竟然忘了。现在他日复一日地试着这个暗语，可是总念不对。”

树林里，阳光从厚厚的绿叶间直射下来，无数昆虫舞蹈着，浮泛起水晶般的点点光彩。听！昆虫们嗡嗡低鸣，如管弦乐队奏出的演唱会般，充溢着整个树林。这是阳光之歌。

约翰此刻又变成了小小的人儿，所以地上遍布的深绿苔藓，对他而言就像巨大的树林。如此优雅，又如此密集，让人无法蹚出路来，整个苔藓树林实在太巨大了。

不久，他们经过蚂蚁小道。上百只蚂蚁来回忙碌着，有些背着小木屑，有些背着叶片。场面喧闹，约翰有点眩晕。

蚂蚁们都太忙了，过了很久也没空说话。最后才找到一只老蚂蚁，他负责看管一窝细小的蚜虫，他们分泌的蜜露可供蚂蚁们饮用。蚜虫们乖巧安静，因此老蚂蚁可以抽出时间来和陌生人聊天，并带他们参观巨大的巢穴。蚂蚁窝安置在一个老树干下面，非常巨大，里面有无数走廊和小房间。蚜虫牧人领着约翰和旋儿参观每一处，最后还走进了育婴室，稚弱的幼虫们从白色的襁褓中匍匐而出，约翰看呆了。

老蚂蚁说，大家之所以这么忙，是因为战争即将来临。他们的强大部队即将袭击不远处另一群落的蚂蚁，他们要扫荡窠巢，杀戮并掠夺幼蚁。为了集中力量进行战斗，所有工作必须提前安排好。

“为什么要打仗？”约翰问，“我不喜欢战争。”

“不，不！”老蚂蚁说，“这是一场伟大的战争，是值得的。要知道，我们攻击的是好战蚂蚁，我们必须灭绝这个种族，这是在做一件好事。”

“你们不是好战蚂蚁吗？”

“当然不是，你想什么呢？我们是和平蚂蚁。”

“什么意思？”

“你不懂吗？嗯，我来解释一下。以前，我们蚂蚁不停地战争，没有一天停息。突然有一只善良智慧的蚂蚁出现了，他认为，如果能劝服大家停止战争的话，世上会减少很多伤害。可当他这样提议的时候，大家都认为他疯了，于是扑上去把他咬成了碎片。可从这以后，就有很多蚂蚁出来要求和解，他们也被咬成了碎片。再后来，要求和解的蚂蚁太多了，要把他们都咬成碎片太困难了。于是，从那时起，要求和解的蚂蚁们就自称为‘和平蚁群’，他们都要像第一个祖先那样劝服大家停止战争，对那些反对者，他们也去咬。现在，几乎所有的蚂蚁都变成和平蚂蚁了，而第一个提议和平的蚂蚁，他的碎尸被郑重地保存供奉起来。我们这个群落，保存着他真正的头，并捣毁消灭了其他十二个号称有这个‘真头’的蚂蚁群落。现在，只剩下四个群落敢这么说了，他们还把自己称为‘和平蚁群’，但其实他们生来就是‘好战蚁群’——我们有真正的和平蚁始祖的头，始祖的头只有一个。明天我们就要去毁灭第十三个蚁群。你看，这是不是一场伟大的战争？”

“是，是的。”约翰说，“不可思议！”

其实，约翰很不舒服，他谢过老蚂蚁离开蚁群，突然有种如释重负的感觉。在一丛羊齿草的美丽树荫下，约翰爬上一枝草茎，随着草尖摇摆着。

“唉，”约翰叹息道，“这是一个多么凶残愚蠢的种族！”

旋儿笑起来，在草茎上前仰后合。“噢，”他说，“你不能说他们愚蠢，人类还向蚂蚁学习这种智慧呢！”

随后，旋儿带着约翰领略树林里的奇观。他们飞到树梢拜访鸟儿，又钻到茂密的灌木丛去看鼹鼠精致的小屋，还参观了老树洞里的蜜蜂巢。

最后他们来到一片空地，周围是茂密的灌木丛。金银花一派繁茂，四处蔓延攀缘，芬芳的小花从青枝绿叶中星星点点探出。

成群结队的大山雀跳跃鼓翼，啁啾鸣响。

“我们在这儿待一会儿吧，”约翰说，“这儿真美。”

“是很不错，”旋儿说，“一会儿你会看到滑稽有趣的事哦。”

碧草上开满了蓝铃花，约翰坐在一株蓝铃花旁边，开始和蜜蜂蝴蝶们聊天。蜜蜂和蝴蝶都是蓝铃花的朋友，他们的谈话如行云流水般滔滔不绝。

突然，一个巨大的阴影掠过草地，紧接着是一片白云落在蓝铃花上，约翰也差点被它盖在下面，赶紧飞到高高地坐在金银花上的旋儿身边。定下神来，约翰才看到那片白云其实是一块手帕。随后，“砰”！一个壮实的小女孩一屁股坐在手帕那儿，可怜的蓝铃花也被她坐在下面了！

约翰还没来得及为蓝铃花哀叹，喧闹的人声和“噼里啪啦”花草折断的声音已充满整块林中空地，一群男女蜂拥而至。

“现在我们有得好笑了。”旋儿说。

聚会开始了，女士们手中拿着伞，男士们戴着烟囱般高高的礼帽，他们清一色地穿着黑衣。在洒满阳光的碧绿树林里，他们犹如一些巨大的丑陋的墨渍，把一幅美丽的图画玷污了。

宁静的树林被扰乱了，花朵被践踏，白色的手帕四处散开，小草和苔藓们唉声叹气，被人压弯了腰，却又无可奈何，担心自己的腰再也直不起来了。

烟雾缭绕，雪茄的烟雾把金银花冠熏弯了，又强横妒忌地取代了迷人的花香。人声喧嚣，原本欢快的山雀受到惊吓，慌忙躲到附近的树上。

这时，一个脸色苍白、浅色长发的男人站起来，他站在一个草垛上讲话。待他说完，男男女女们开始放声高歌。他们的歌声太大了，吓得白嘴鸦从高高的巢中飞了出来，好奇的小兔也跑过来看究竟发生了什么，结果吓得转身就跑，足足跑了一刻钟，直跑回沙丘的家中才安稳下来。

旋儿被逗得大笑起来，扇动一片羊齿草，驱散了雪茄的烟雾。可约翰此时笑不出来，眼里全是泪水，这可不是被雪茄烟熏出来的。

“旋儿，”约翰说，“我想离开了，他们实在太丑陋太粗鄙了。”

“不，不，我们不能走。后面还有更好玩的呢，你会笑的。”

歌声停止了，白脸男人开始讲话。为了让大家听清楚，他声音洪亮，讲话的内容也很友善。他称听众为兄弟姐妹，并称颂华美的自然、造物的奇迹、上帝的阳光，还有可爱的小鸟和花朵。

“他说什么？”约翰问，“他为什么说这些？他认识你吗？难道他是你的朋友吗？”

旋儿轻蔑地摇着他戴着花冠的头。

“他根本就不认识我，更不认识太阳、鸟儿和花儿，他所说的一切都是谎言。”

人们聚精会神地听着。那个坐在蓝铃花上的胖女孩哭了好几次，不停地用裙子擦眼睛，因为她把手帕铺地上了。

白脸男人说，上帝为了他们的聚会，让太阳赐予了明亮的阳光。听到这儿，旋儿大笑起来，从厚草丛中拾起一个松果对准他扔过去，正中白脸男人鼻尖。

“他还要虚心学习，”旋儿说，“我爸爸为他照耀！想得真美！”

但白脸男人太专注了，根本没注意这个从天上飞来的松子，他说了很长一段时间，时间越长，声音越大。说到最后，他脸色由红转紫，双拳紧握，声音凄厉，这高音震得叶子颤颤发抖、草茎左右摇晃。待他说完，人群又开始唱起歌来。

“啊呸！”在树梢上听他演讲的黑鸟啐了一口，“太吵了！要是一群母牛来到树林，我还能更欢喜些。这些人！听听，真是不知羞耻！”

唔，黑鸟知道白脸男人在讲什么，她也有自己独到的音乐品味呢。

唱完歌，人们从篮子、食品盒、食品袋里拿出各种好吃的，把一张张纸铺在地上，他们传递着蛋糕、橙子，酒瓶和杯子也被拿出来了。

旋儿把小伙伴们都叫过来了，准备袭击这群欢宴者。

突然，一只机敏的青蛙跳上一位年长女士的大腿，又“噗”的一声落在那块她正要往嘴里送的面包上，并坐在上面，似乎对自己的放肆行为很吃惊。女士吓得大叫一声，看着这个不速之客不敢乱动。青蛙的行为迅速让效仿者蜂拥而至，猛烈的进攻开始了。青绿毛毛虫毫不胆怯地爬上帽子、手帕和面包卷，让人害怕和作呕；胖胖的蜘蛛顺着自己闪闪发亮的蛛丝滑到啤酒杯里，落到人的头上、脖子上，他们落在哪儿，就在哪儿引起尖叫；无数飞虫直冲到人们脸上来啦，他们不惜牺牲自己，置身于食品上、饮料中，这些东西就不能再吃了。最后蚂蚁大军来了，千军万马举步齐攻，在敌人最料想不到的地方进击，这瞬间引起了恐慌和混乱，人们纷纷从被压倒的苔藓和小草上往外逃窜。可怜的蓝铃花终于解放了，因为两只蜈蚣成功袭击了那个胖女孩的大腿……人们越来越绝望，竭尽全力地跳着躲着，想躲开这些袭击者。白脸男人在原地站立抵抗了很久，用一根细黑小棍愤愤地向四处挥舞。几只山雀奋勇飞去骚扰他，还有一只黄蜂钻进他的黑裤子，在腿肚子上一刺，让他失去了战斗能力！

太阳再也不能无动于衷了，他将脸藏在一片云的后面，灿烂的阳光不再持续，大大的雨点降落到这个狼狈不堪的聚会上。倾盆大雨中，几十张雨伞急匆匆撑开，宛如大片大片的黑色毒蘑菇突然在树林里破土而出。女士们把裙子撩到头上遮雨，却露出白色的衬裙、穿着白袜子的腿、跑掉了跟的鞋子。啊，这在旋儿看来太滑稽了！他笑得支撑不住，扶住了一枝花梗。

雨越下越大，灰蒙蒙的雨雾笼罩着整个树林。雨伞、帽檐、黑衣之下，雨流如注，宛如水蛇，人们的鞋啪啪地在泥泞的土地上踏溅。人们再也顾不得其他，三三两两地离开了，留下纸、空瓶子、橙子皮等恶心的垃圾。树林里这片空旷小草地，又逐渐寂静下来，只听得雨声，单调地淅淅沥沥。

"约翰！现在看到人是怎样了吧，你为什么不笑呢?"

"旋儿，所有的人都这样吗?"

"其实，还有比这更糟糕更丑陋的。他们常常狂躁胡闹，破坏精致美好的事物。他们砍倒树木，在那儿盖起可怕的大房子；他们恣意践踏花朵，就为了取乐，大肆杀害生灵。他们居住的地方拥挤不堪，乌七八糟，空气中弥漫着烟草的毒气。他们完全是大自然和动物们的陌路人。这就是他们今天来到这儿会显得如此愚蠢可怜的原因。"

“哦，天啊，旋儿，旋儿！”

“你为什么哭？你生而为人，不必哭泣。我从人中选择了你，当然是爱你的。我教你听懂了蝴蝶和鸟儿的语言，看懂了花儿的表情。月亮妈妈认识你，慈祥的大地也把你当作自己最亲爱的孩子。我是你的朋友，你为什么不因此而感到高兴呢？”

“是的，旋儿，我很高兴！——可我还是忍不住哭了，为着人类。”

“为什么？如果很烦忧的话，你不必一直待在人那儿。你可以和我住在一起，与我做伴。我们可以好好安置一个家，在树林的深处，在安静明亮的丘陵上，或在池边的芦苇旁。我可以带你去任何地方，潜水去看水草，步入小精灵的宫殿，走进大地精灵的家。我们可以一起去飘荡巡游，去看旷野和森林，远方的陆地和海洋。我会让蜘蛛为你编织漂亮的衣裳，为你安上如我一般的翅膀。我们将在花朵的芳香中生活，在月光下与精灵们一起翩翩起舞。当夏天过去秋天到来，我们去那高高的棕榈林，那里还有从悬崖上垂下的满枝满条的华美花朵，有深蓝海洋在阳光下熠熠发光。我会一直给你讲童话……你喜欢么，约翰？”

“我将不再和人生活在一起了吗？”

“如果你和人生活在一起，你就会有无尽的烦忧、疲惫、扰乱、悲伤。你将日复一日为生存重负哀叹，你脆弱的灵魂将被粗暴的方式伤害和扭曲。就这样一步步劳累和伤痛，直到死去。你爱人类甚于爱我吗？”

“不，旋儿！我要和你在一起！”

现在他可以证明自己是多么在乎旋儿了。是的，他可以为了旋儿忘记所有人所有事：他的小房间、普勒斯特，甚至父亲。他又喜悦而郑重地表达了自己的心愿。

雨停了，灰色的云底下，闪出一片欢喜微笑的太阳光，照在每一片湿润闪亮的叶子上，照在每一颗晶莹剔透的水珠上。水珠在枝条和叶片上悬缀闪烁，轻轻滴落；水珠也挂满了橡树上交织的蜘蛛丝网，熠熠生辉，宛如镶嵌着宝石一般。从草间、湿地上，缓缓升起一片淡淡的雾，夹带着甘美梦幻的香味。这时，黑鹂飞上最高的树梢，用简短亲密的音节为落日歌唱——仿佛他在表达何种音乐适合此情此景：这是一个庄严静穆的傍晚，伴着轻柔雨滴坠落的声音。

“这比人声更美吧，约翰？呵，黑鹂很懂得现在用什么音乐。这里的一切都是和谐的，人类中找不到这种完美。”

“什么是和谐，旋儿？”

“和谐如同幸福一样，我们都在追寻。人类也需要和谐。可他们就如同追逐蝴蝶的儿童，他们拙笨的努力，却把和谐惊走了。”

“我要和你一起去追寻和谐吗？”

“是的，约翰，但你必须忘记人类。生而为人已经是一个很坏的开端了，但你还年幼，你必须抛下你作为人的一切记忆。在人类中你只能步入歧途，陷入可怜可鄙的恶作剧，无休无止的纷争——就像之前我和你提过的金龟子那样。”

“金龟子，金龟子后来怎么样了？”

“他看到了老金龟子说的美丽光束，想尽快飞到那儿去。他径直飞到那间发光的房子，却落到一个人的手里，被活活折磨了三天！小金龟子被圈在一个硬纸壳里，腿被细线绑起来，被人使唤着飞来飞去。后来细线松开了，可是一只翅膀一条腿又被扯下来。最后，当他无助地在地毯上爬来爬去，想找回花园的路的时候……一只沉重的脚，把他踏碎了……

“约翰，其实，所有夜晚行走的生灵，和我们一样都是太阳的孩子。虽然从未见过他们闪耀的父亲，但他们总有一种不知不觉的记忆，向往着光明。无数可怜的夜生灵，出于对太阳的热爱，都在寻找着他们渴望而又陌生的光，却总落得悲惨的结局。同样地，一种相似的不可理解不可抗拒的冲动，让人类毁灭在自己制造的光明幻象中。”

约翰探寻般看着旋儿的眼睛，那双眼睛神秘而深邃，犹如众星之间的漆黑夜空。

“你是指‘上帝’吗？”他怯生生问道。

“上帝？”旋儿深邃的眼中掠过一丝轻柔的微笑，“约翰，当你说这个词的时候，我知道你想的是什么：你想着床边的椅子，昨晚你还跪在上面长长祷告；你想着教堂窗上绿绒的帷幔，周日上午礼拜时你就在看着它；你想着那本《圣经》里的大写字母，想着带长柄的铃包，想着那可笑的歌声和熏蒸的人气——约翰，也许这就是这个词的所有意义，但这其实都是虚假的幻象。它并不是太阳，而是一盏煤油大灯，千百只飞虫飞向它，却无助无望有去无回！”

“可是那个‘伟大的光’叫什么，旋儿？我可以对谁祷告？”

“约翰，正如一块松软的泥土问承载它的那片土地如何称呼一样，即使我告诉你答案，你也不能理解。这正如蚯蚓无法听懂星星的音乐。不过，我还是会教你如何祷告的。”

约翰还在沉静深思旋儿话的时候，他们已经一起飞出树林，飘飞远去。渐渐地，沿着高地边缘，一道细长的金边清晰起来。他们越飞越高，变幻成影的沙丘景色在眼前飞逝，光的裂痕越现越宽。再飞过去，山岗的绿色逐渐暗淡，代之以单薄灰暗的野花，奇异的蓝绿植物生长在灌木丛中。越过一山又一山，再过去，就是广远雄伟的大海了。

大海的蓝色一直延伸到遥远的地平线，而太阳下面有一道狭长的细线闪耀着红光。

无际的雪白飞沫包裹着海面，宛如蓝色天鹅绒镶上白鼬皮的边。

水天相隔，地平线上分出一条柔和的奇异的细线，这真是一幅奇景：它既是笔直的又是弯曲的，轮廓分明却又似乎并不存在，清晰可见却又不可捉摸。这犹如曼长而梦幻般的琴声，颤音轻鸣，渐息渐弱，却余音缭绕。

小约翰坐在沙丘上，一动不动，无言地凝视着远方。他感到自己似乎快死了，似乎那扇神圣的金色大门已经庄严地向他敞开，而他小小的灵魂，径直飞向那永恒世界的第一道光。

泪水从他睁大的眼中涌出，阳光顿时变得模糊不清，壮美的天地漂浮在温柔、颤动的黄昏里。

“你必须这样祷告！”旋儿说。

五

你曾否在初秋的树林悠闲地散步，阳光平静而爽透地照在色彩鲜艳的叶子上，树枝在头上吱吱作响，干叶在脚下沙沙轻鸣。

树林似乎厌倦了生活，它只是在冥想，它生活在对过去的回忆中。青雾缭绕，宛如梦境，神秘的光彩布满树林，闪耀的游丝起伏飘荡——这是一个无际的甜美的冥想。

在布满苔藓和枯叶的湿地上，不知为何突然冒出一片羊肚菌，有的坚挺，有的变形，有的丰满，有的清瘦挺拔，根茎弯曲，冠帽华丽。这在静穆的树林里显得很奇特。

在一个腐旧的树干上，是无数白色的小圆柱，上面是黑色的细末，似乎燃烧过。一些学者认为这是一种真菌，但约翰知道得更清楚——

这就是一些小蜡烛，在静寂的秋夜中默默地燃烧，小精灵坐在蜡烛旁，读着他们的小书本。

这是旋儿告诉约翰的。那是在一个宁静的秋日，约翰朦朦胧胧闻到肥沃土壤中散发出醉人的泥土的芬芳。

“白蜡树的叶子为什么带着黑斑呢？”

“那也是小精灵做的，”旋儿说，“他们晚上忙着写作，到了早上就把剩下的墨水洒在叶子上。他们不喜欢白蜡树，因为人类的十字架是白蜡树做的，教堂里铃包的杆也是白蜡树做的。”

于是，约翰对这些忙碌的小精灵很好奇，就请求旋儿带他去见见精灵，哪怕一个也好。

和旋儿待过一段时日了，新的生活让约翰很幸福，他也并不后悔自己曾做过要忘记过去的承诺，或者说——当懊悔闪现的时候，他不再感到孤单和恐惧。旋儿寸步不离约翰左右，这让约翰觉得如在家般舒服自在。他在碧绿芦苇间悬挂的小巢中安睡，即便不祥的渡鸦鸣叫，即便倾盆大雨或狂骤风暴，约翰也毫不恐惧，因为他可以径直躲入树洞，或钻进兔子窝，或者躲到旋儿的斗篷里，听旋儿讲童话故事。

现在，约翰就要去见树精灵了。

这是一个适宜见面的日子。如此宁静，如此安稳。虽然是中午，可是约翰似乎已听见精灵的细语和足音了。鸟儿都飞走了，只剩下鸫鸟们在享用红莓果。突然，一只鸫鸟陷进了粘网！鸟儿扑打着翅膀，拼命挣扎，尖利的爪子几乎快抓断了，约翰急忙上去把他解救出来，他喳喳叫着，高兴地飞走了。

这时，约翰听到毒蘑菇们在热烈交谈。

“看看我！”一个胖胖的毒蘑菇说，“谁能像我这样，根茎这样壮硕白嫩，帽子这么闪耀。我是你们当中最大的，而且是在一夜之间！”

“切——”红毒蘑菇说，“你是最粗俗的！——又黑又蠢。看我修长的根茎如芦苇一般；我就像那红莓树一样鲜红，还有好看的小斑点。我是你们当中最漂亮的！”

“行了，别说了！”约翰说，他早就认识他俩了，“你们都有毒。”

“这是我们的品性。”红毒蘑菇说。

“你大概是人吧？”胖毒蘑菇反驳道，“那么我真希望你把我吃了。”

但约翰没有吃他，他拿了几根小小的干树枝刺进了他的圆帽子，胖毒菌气得脸都绿了，一下子就显出了恶毒本性。整个场面太滑稽，大家都笑起来，包括那群长着棕色小脑袋的小地星。小地星们刚刚冒出几个小时，却已散布得到处都是了，他们急切地想看看这个世界，往外直冲。

小地星们扬起他们细茎上的小圆脑袋，时不时地喷出烟雾般的细末，宛如一朵棕色的小云，散落在潮湿的土壤上。这些细末散在哪儿，就会在那儿长出丝状的根茎，第二年就有无数的小地星长出来。

“多么美好的生活！”小地星们说，“生命中最美好的事就是播撒这些云朵般的种子。我们活多久，就要撒多久！一想起这个，就觉得生命真美好！”

说完，小地星们又专注地往空中喷吐一朵烟云。

“他们真的感到幸福吗，旋儿？”约翰问。

“为什么不幸福？他们哪里知道更多快乐？他们当然是幸福的，因为他们要求的不多，知道的也不多。”

夜幕降临，树影与暗夜融为一体。可树林神秘的生命力仍不知疲倦，树干断裂噼啪作响，散布在草地和丛林中的干叶发出簌簌的声音。突然，约翰感到有一双隐形翅膀触碰着自己，他感到一个不可见的存在，清楚地听到细语和足音。那儿！在丛林的最深处，一粒蓝色的微光忽闪忽隐，接着又有一个小光点，又有一个！听！约翰凝神，似乎有人从附近走过，向漆黑的树干走去，地上的树叶沙沙作响。蓝色光点再次闪现了，它停在树干那儿，定住了。

这时，蓝色的光点包围着约翰，它们在棕色的叶片中闪烁，并随风飘舞着。有一处大片的光，闪耀如蓝色篝火。

“那是什么在燃烧?”约翰问，“它们燃烧得这么绚烂。”

“那是一个腐旧的树墩。”旋儿回答。

他们走向一粒沉静的、明亮的小光点。

“我现在给你介绍‘将知’。他是最年长、最有智慧的树妖精。”

他们走过去，将知坐在蜡烛旁边，他小小的脸上布满皱纹，花白胡子在蓝光中清晰可见。他戴着一顶橡实壳做的帽子，帽子上还插着一支小翎。将知皱着眉头专注地朗读着书本，身前那只木蜘蛛安静地听着他朗读。

当约翰和旋儿走近，精灵没有抬头，只是扬起了他的眉毛。蜘蛛爬走了。

“晚上好，”将知说，“我是将知，你是谁？”

“我是约翰，很高兴认识您。您在读什么书呢？”

“这不是为你念的，”将知说，“这是为树林里的蜘蛛念的。”

“请让我看一眼吧，亲爱的将知。”约翰请求道。

“不可以。这是一本蜘蛛的圣书，守护这本书是我的职责，我不能让这本书从我的手中丢失。我一直保存着这儿生活的所有生灵的圣书，包括蜗牛的、蝴蝶的、刺猬的、鼹鼠的……他们自己不能看书，于是我给他们念。这对我而言是一种巨大的荣耀，是一种信任。你能理解的。”

将知郑重其事地点着头，并用自己的食指指点着。

“您现在研究的是哪本书呢？”

“克瑞伯高的故事。他生活在久远的年代，是蜘蛛一族的英雄。他编织的蜘蛛网布满了三棵树，每天都捕捉千百万只飞虫。在克瑞伯高之前，蜘蛛是不会织网的，只是靠吃死尸和草叶为生。克瑞伯高非常聪明，他证明了昆虫都是为了给蜘蛛当食物而存在；他也很有学问，经过精确的计算，发明了织网的技艺。现在，蜘蛛们完全遵循克瑞伯高的方法织网，一丝一线，只是小了很多，因为蜘蛛已经严重退化了。克瑞伯高的网还捕捉了很多小鸟，也杀死过千百万只自己的孩子——他嘛就是一只大蜘蛛！最后，来了一场猛烈的风暴，把克瑞伯高和他的大网，还有网连着的三棵树，全都刮到空中，带到远方的树林里去了。在那儿，他因为自己伟大的功绩和非凡的智慧，被蜘蛛们永远崇拜。"

"这些都是真的吗？"约翰问。

"这都是这本书里讲的。"将知说。

"那你相信吗？"约翰问。

将知闭着一只眼睛，食指指着自己的鼻子。

"其他生灵的圣书把克瑞伯高描述成一个可恶可鄙的大怪物。我对此不置可否。"

"那有没有'精灵之书'呢，将知？"

将知疑惑地看着约翰。

"你到底是何种生物，约翰？有一种东西，也只有这种东西——就是像你这样的人，才会这样说话。"

"不，不，不要紧张，将知。"旋儿说，"我们都是精灵，但约翰在以前曾见过很多人，了解人做过的很多事。你可以完全相信他，他不会带来危害的。"

"嗯，嗯，那就好。虽然被誉为最有智慧的精灵，可我是努力学习了很长时间才拥有这些学识。我要慎用自己的学问，如果我告诉你太多，我的名头就没这么响了。"

“可是，您觉得在哪本书里可以找到真理呢?”

“我已经看过很多书了，可是我相信我还没看过那本书，那既不是小矮人之书，也不是精灵之书，但它肯定是存在的。”

“那可能是人类之书?”

“不知道，但我觉得不是。因为真理之书一定会带来伟大的和平和极大的幸福。在这部真理之书里，一定解释了万物为什么是现在这个样子，其他人就不会再提出疑问、提出更多要求了。人类还没到这个阶段，我相信。”

“天啊，当然没有!”旋儿说着，笑了起来。

“这样的书存在吗?”约翰渴望道。

“是的，存在的。”将知轻声答道，“我知道存在的，在古老的传说中提到过这本书。嘘——我知道这本书在哪儿，也知道谁能找到它。”

“啊，将知!”

“可是你为什么没有得到它?”旋儿问。

“耐心点，耐心点——会找到的。我就是不知道它具体在哪儿，但相信很快就会找到。我已经辛辛苦苦找了它一辈子。谁若找到这部真理之书，生活将永如晴明的秋日。空气清新，翠雾缭绕，落叶不再沙沙，树枝不再折断，雨滴不再坠落，阴影不再变幻，洒在树梢顶端的金色阳光不再褪色。相比那些看过真理之书的人，我们的光是暗淡的，我们的欢乐其实是悲伤的。啊，我太清楚这些了，总有一天我会找到它。”

将知高高扬起他的眉毛，把手指放在嘴唇上。

“将知，如果您能教我——”约翰恳求道。可是他还没来得及说下去，一阵狂风突然袭来，一个巨大的黑影悄无声息地迅速掠过上空。

待他再看将知时，只看到一只小脚刚刚缩进树洞，那是将知！将知已跳回洞中，连同他的书和其他一切。蜡烛越来越暗淡，突然熄灭了，这些奇异的小蜡烛。

“那是什么？”约翰问道，黑暗中恐惧地紧紧靠着旋儿。

“一只猫头鹰。”旋儿说。

二人陷入沉默。

过了一会儿，约翰问：“你相信将知说的吗？”

旋儿说：“将知其实并不像他自认为的那样聪明。他永远都找不到这本书，你也找不到。”

“可是这本书存在吗？”

“它存在，正如你的影子那般存在，约翰。可是不论你跑得多快，不论你多么小心想抓住它，你都无法超过和抓住它。最后你会发现，你所有的努力都只是在抓住你自己。不要犯傻了，忘记将知的话吧，我会给你讲一百个比它更好的故事。走，我们去树林外面看看，看看那片睡觉的草地，看我们最棒的爸爸给它掀开白绒绒的露水被单。”

约翰跟着去了，可是他不太明白旋儿说的话，也没听从他的劝告。凝望着秋日拂晓的晨光，他开始沉思这本解释万物的书，低声对自己重复着：“将知！”

六

在后来的日子里，不论是在树林还是沙丘，约翰都觉得和旋儿在一起的时光不再像以前那样喜悦和美好了。他的脑子里不再只有旋儿告诉他和展现给他的，他会忍不住想起将知说过的那本书，但又不敢提起。现在约翰的所见所闻，也不再像以前那样美好和奇妙了。黑云如此浓重，让他感到恐怖，仿佛要从头上压下来。无止的秋风猛烈摇晃着可怜的疲惫的树枝，叶底翻卷显露，黄叶和枯枝在狂风中飘荡，这些都让他感到悲伤。

旋儿讲的很多话，他不再感到有趣，也听不明白；当他再问那些老问题时，也不能得到清楚和满意的回答。这让他又想起将知说的那本把万物解释得简单明了的书，想起了所要追寻的宁静而晴明的秋天。

“将知！将知！”约翰默念道。

旋儿听到约翰的低语。

“约翰，你恐怕还是应该留在人那儿，你的友情也是属于人的——在我之后第一个和你说话的人，将得到你的信任，你会把对我的信任全部转移到他的身上。呵！月亮妈妈一开始就是对的！”

“不，旋儿。你比将知更聪明——和那本书一样聪明。你为什么不告诉我一切？看着现在这个景象！狂风让无数叶子飞扬起来，它们还这么新鲜碧绿，这么有生命力呢。为什么大树被狂风吹得弯下了腰？看，大树枝已经被折断，它们如此疲惫，不能再支持下去了，可是粗鲁狂肆的风还是猛烈摇晃着它们。为什么？为什么风要这样子？”

“可怜的约翰，你现在越来越像个人在说话了。”

“让风停下来吧，旋儿，我想要安宁和阳光。”

“你的问题和需要都像一个人，可是这是没有答案，也永远得不到满足的。如果你不能学会更好地提问和祈求，那你将永远看不见那个秋日的黎明，你也会像千百个曾经和将知谈话的人一样。”

“什么？那么多人？”

“是的，千百人。将知装作很神秘的样子，可他是个话匣子，根本不能守住自己的秘密。他希望在人当中找到那本书，于是把自己知道的事告诉每一个可能帮到他的人，这就让那些人变得像他那样不幸福。那些人对将知坚信不疑，像寻找炼金术一样满怀热情地寻找那本书。他们牺牲了一切，放弃了自己的工作、自己的幸福，把自己关起来，把自己监禁在厚厚的书本、千奇百怪的仪器中间。他们不顾自己的生活和健康，忘了蓝天，忘了温柔善良的大自然，也忘了自己的同伴。有的人找到了像小金块似的有用的东西，却毫不在意，直接把它们扔到洒满阳光的大地上，让别人享用。而他们自己又继续在黑暗中不停地挖啊刨啊，一刻不停。他们找的不是金子，而是那本书。有的人找着找着就丢掉了智慧，忘了最初的目的，变成了悲惨的老糊涂。将知把他们变得幼稚可笑了。你会看到他们在做沙之城堡，计算还需要多少沙砾能把城堡建成。他们会做水道，并准确地计算水要绕多少弯道。他们挖掘了沟渠，并倾注所有的耐心和精力把沟渠做得平滑完整。如果有人打断这些可怜的白痴们的工作，问他们正在做什么，他们会很认真地抬起头来，摇着头咕哝：‘将知，将知！’

“是的，这都是那个小小的愚蠢的树妖精的错。不要再说他的事了，约翰。”

但他面前的约翰盯着摇摆得嘎吱作响的树枝，清澈眼睛上方的眉毛深深皱起，他从没有这么严肃过。

“可是，你自己也说过有这么一本书啊！而且我确信，里面也一定说了你不愿说出名字来的‘伟大之光’。”

“可怜的，可怜的小约翰！”旋儿说，他的声音在轰轰的风暴声中像一首宁静的赞美诗，听起来是如此遥远。“爱我，用你所有的能量只爱我。在我这里，你得到的将比希望的更多，你能懂得以前你不能理解的，也能知道你以前想知道的。大地和天堂都与你亲近，星星将成为你的邻居，你的栖身之所将无边无际。

“爱我！只爱我！如藤蔓缠绕着树一般紧抓住我，如湖水对湖床般忠诚对我——只有在我这里你才能找到平静，约翰。”

旋儿不再说话，但赞美诗仍然袅袅回响。穿过激烈的狂风，圣歌从无尽的远方飘来，匀整而庄严，宛如云间的月光一般宁静。

旋儿张开双臂，约翰在他怀里睡着了，身上盖着旋儿蓝色的披风。

半夜里，约翰醒了。宁静就这样突然地悄无声息地降临，月亮沉落到地平线下，叶子柔软而安定地挂在树梢。整片森林笼罩在黑暗沉寂之中。

问题再次闯入约翰脑中，瞬间又如鬼魂般萦绕，把他刚刚建立的信念一扫而光。人类为什么会被创造出来？他为什么要从人类中逃离出来，失去人的爱？为什么冬天会到来？为什么叶子注定落下，花朵终将凋落？为什么？为什么？

灌木丛中，蓝色的亮光又开始跳舞了，它们来回闪烁。约翰渴望地凝视着。在黑黑的大树干上，他看到了更大更亮的光。旋儿在一旁安静地酣睡。

“我去将知那儿再问一个问题。”约翰心里想着，爬出旋儿的蓝色斗篷。

“啊，你又来了！”将知说，友善地点点头，“很高兴见到你。你的朋友呢？”

“在那儿。可是我想单独再问您一个问题，您可以回答我吗？”

“我确信你以前曾和人一起生活过。你的问题，是和我的秘密有关吗？”

“谁会找到那本书呢，将知？”

“啊，果然如此！如果我告诉你，你会帮我吗？”

“如果我可以的话——我当然会帮您啊！”

“听着，约翰。”将知睁大了双眼，眉毛扬起得更高了，他用小手遮住嘴，轻声说道，“人有金盒子，而精灵有金钥匙。精灵的敌人将永远找不到这本书，只有人类的朋友才能独自打开这个盒子。春天的第一个夜晚将是最好的时机，红胸脯的知更鸟知道该怎么做。”

“是真的吗？真的吗？”约翰叫起来，想起了他的金钥匙。

“真的。”将知说。

“可为什么到现在还没人找到这本书呢?”约翰问,“那么多人都在找啊。”

“我从来没信任过人,从来没把我告诉你的这些告诉过别人。我以前不认识精灵的朋友。”

“我知道了,将知,我会帮您的。”约翰跳起来,拍起掌来,“我会问旋儿这些事!”

于是,约翰快步跑过苔藓和枯叶,可突然被绊倒了,他的腿脚不知为何突然沉重起来。约翰走过的地方,粗壮的树枝都被他踩折了,而在此之前,他的脚步从未弄弯过一片草叶。

这里是茂盛的羊齿草丛,他曾在地上睡过觉,可是现在,他看着它们那么矮小!

(他又长高了,变成了人!)

约翰回到和旋儿休息的地方——

他们睡觉的地方长满了阴暗的羊齿草,而他们的床,空荡荡的,什么也没有了。

“旋儿!”他喊着,可是一喊出来,他就对这个声音害怕起来。

“旋儿!”这听起来就是一个人的声音,一只鸟吓得飞走了。

羊齿草叶下面什么也没有。蓝色的光也消失了。周围一片黑暗,一片冷寂。约翰抬起头,只看见黑黑的树梢映衬着布满星星的夜空。

他再次喊着旋儿的名字,后来不敢再喊了,他的声音像是对这片寂静的亵渎,对旋儿名字的讥嘲。

可怜的约翰倒在地上,陷入绝望的悲伤,他啜泣起来。

七

这是一个灰暗阴冷的早晨。湿漉漉的黑色树枝被暴风雨脱下叶子，在晨雾中哭泣。潮湿破碎的草地上，约翰向着远方那片稀疏的树林狂奔，似乎那儿就是他的目的地。他的眼睛哭红了，心下茫然、害怕、悲伤。他在树林里徘徊了一整晚，一直在寻找光亮。旋儿走了，他如家般的安全感也消失了，孤单的情绪潜伏在黑暗的每一处角落，他不敢回头。

终于，约翰走出树林的边际。细密的雨绵绵地飘落，前方是一片草地，光秃秃的柳树旁边，一匹安静的大马弯着脖颈站立着，又长又密的鬃毛，滴滴答答落下雨滴。

约翰继续沿着树林边缘向前走。他满身疲惫，心中害怕，看着孤寂的大马和晦暗的雨烟，轻声啜泣着。

“现在一切都结束了，”约翰想，“太阳不会再出来了。对我而言，未来将永远是这样灰暗了。”

但他不敢一直这么绝望下去，总觉得还有更不好的事情要发生。

突然，约翰望见前方有一幢农舍，农舍旁是一株黄叶凋零的酸橙树，外面是花园栅栏。约翰跨过栏杆走入园子，顺着宽阔的步道向前走，金色的酸橙树叶铺满过道，紫苑等缤纷的秋花绽放着，点缀在草地上。

约翰不知不觉走到一个池塘边。这里有一座门窗敞开的大房子，蔷薇和常春藤爬满外墙，却已枯萎、凋零。房子周围是几株半凋的栗子树，在地上的落叶中，约翰竟发现了几颗亮闪闪的栗子！

冰凉死寂的感觉瞬间消失了，约翰想起了自己的家——那儿也有两株栗子树，这个季节他经常去捡栗子吃。就像有一个声音在邀请他似的，约翰突然很想去看看这个房子。他在房子旁边的长椅上坐了下来，又哭了一会儿，终于安静下来了。

一阵特别的气味袭来，约翰抬起头，眼前是一位大叔，围着白围裙，叼着一个烟斗，腰上用树皮绑了一束花。约翰太熟悉这个味道了！这让他想起了自己家里的园丁，那个园丁经常送他毛毛虫，还有椋鸟的蛋！

虽然面对着一个陌生人，可不知为什么，约翰并不害怕。他告诉大叔说自己迷路了，不知道怎么回家，而后，又满怀感激地跟着大叔走进酸橙树下的小屋子。

屋里，大叔的妻子正在织着一双黑袜子。燃着泥炭的炉火上正烧着一壶水，炉边的地毯上一只猫懒散地趴着，两只前爪交叠，就和约翰离家时西蒙的样子一模一样。

约翰被安排坐在炉火旁，这样可以把湿鞋子烘干。挂钟“滴答、滴答”地走着，烧开的水从壶嘴那儿呼呼冒着白汽，泥炭上的火苗星星点点欢快蹦跳着。

“我现在又回到人的世界里了。”约翰想。

在这里他并不害怕，反而感到安全自在。叔叔阿姨友好和善，还问约翰想做些什么。

“我想留在这儿。”约翰回答。

在这儿，约翰能得到安宁。如果回到家，等待他的又是责罚和眼泪了。他需要老老实实地听着，听家人数落他太淘气。他要把以前的事情再回忆一遍，把所有的一切重新想一遍。

他当然想念他的小房间，他的父亲，普勒斯特，但他宁愿忍受这安静的想念，也不愿回家面对痛苦的团聚。在这儿，他也可以想念旋儿，不受丝毫干扰，而在家就不可以了。

旋儿一定是远走了，他去了远方洒满阳光的原野，去看大海旁边的棕榈树了。约翰宁愿在这儿忏悔，赎罪，等待好友回来。

约翰请求两位善良的主人允许他留下来，他会听他们的话，帮他们干活，帮忙照看花园里的花朵……无论如何先把这个冬天过去再说。在他内心深处，还是希望旋儿可以在春天的时候回来。

园丁和妻子以为约翰是不堪忍受虐待从家里逃出来的小孩，很同情他，于是让他留了下来。

于是约翰留下来了，他在花园里工作，照看花朵。园丁和妻子给约翰安排了一个小房间，里面有一张蓝色的小床，窗外的景致真不错。早晨，金黄的酸橙树叶在窗前飘落；晚上，深色的树枝随风摇摆，星星在树枝间玩捉迷藏。约翰给这些星星都取了名字，最亮的那颗，约翰把它称作旋儿。

自己经历的那些事，约翰只和花儿说了，这些花儿约翰在家时就大都认识：这是高大而庄严的紫苑，那是色彩斑斓的百日草，还有只在狂风呼啸的晚秋才绽放的白菊。当其他花朵都凋零殆尽的时候，只有菊花还翘首玉立。入冬初雪的早晨，约翰去看她们，她们还扬着可爱的笑脸说："没事儿，我们还在这儿好好的呢，你不用担心啊！"她们这么勇敢，可两天后竟然全都零落了。

暖房里，棕榈和树蕨依然茂盛地生长着，兰花在湿润的土壤中盛开，她的花冠华丽美艳。约翰凝视着这些奇花，不禁又想起旋儿。

可是暖房外，一切又变得清冷暗淡！白雪被足印踩脏了，树枝滴淌着雪水，唉声叹气。

雪花无声无息地飘落了几个小时，树枝被身上的积雪压弯了腰。这时，约翰便欢喜地出去看白雪皑皑、紫色暮霭笼罩的树林。树林是沉默的，可并不死寂，甚至比夏天的青枝绿叶还要可爱喜人，纷飞的白雪落下，给树枝镶上一层白色的花边，映衬着淡蓝的天空。当树枝摇摆将身上过重的雪花抖落，银光闪烁，纷纷扬扬，好一幅清朗明净的画面。

一天，约翰又在雪后走进了树林。这一次他走了很久、很远。整个树林银装素裹，约翰目及所见全是雪，生命似乎都窒息在白雪中，都被这片闪光的绒毛般的白雪消融了。突然，约翰看到一个白色小动物在他面前飞快地跑着，他好像从没见过这种动物。约翰跟着它跑了一段，想抓住它，可它迅速跑到树洞中消失了。盯着空空的树洞，约翰暗想："难道是将知？"

约翰没敢往下想，只怕是幻觉，也不想改变现在忏悔的状态。生命中出现了这两个善人，约翰已经别无他求了。晚上，他拿出一本讲上帝的厚书大声朗读，可是，他对这本书的内容太熟悉了，所以并没有太上心。

临睡，尚未合眼，约翰躺在小床上，看着淡淡的洒在地上的寒冷月光。突然，前面床沿上有两只小手攀上来！然后，两只小手中间露出一顶白色绒毛的帽子！最后，冒出来一双高扬的眉毛和严肃的眼睛！

将知？将知！

"晚上好，约翰！"将知说，"我来这儿是想提醒你，不要忘了你的诺言哦。现在你还不能找到那本书，因为春天还没到呢。但你记着它的吧？你现在正读的是什么书？肯定不是那本真理之书吧！不要想错了。”

“我没有那样想，将知。”约翰说。其实在此之前，每次读那本有关上帝的厚书，他都能联想起将知说的真理之书，他也很清楚这两本书根本不是一回事。

约翰翻了一个身，想继续睡去，但此刻却无法把金钥匙的影子从脑海中抹去了。

八

积雪初融，雪花莲簇拥着发芽了，约翰的心又活了起来：“现在他该回来了吧！”可是，“他会回来吗？”约翰去问雪花莲，雪花莲摇摇头，只是低头看着脚下的土地，好像因为太早跑出来而感到害羞，还想再钻回土里去。

要是真的能钻回去就好了！冰冷的东风怒吼起来，雪深深地藏在小雪花莲里。

又过了几个星期，紫罗兰花也发出花骨朵了，花香在灌木丛中四处逸散，仿佛暗示花儿马上要开了。斑斓的樱草花，欣欣然成百上千地绽放了。阳光洒在布满苔藓的湿地上，苏醒的大地抓住最初的日光，将其铺在自己身上做成美丽的金饰。

“现在，他肯定会回来的！”约翰想。他眼见着树上的叶芽一天天慢慢长大，终于挣脱厚皮，最初的浅绿小尖出现在棕色树枝间。约翰久久地注视着这些嫩叶，几乎看不到它们的变化，可只要他一转身，叶芽好像就突然长大了些。“只要我看着它们，它们就不敢长了。”约翰想。

树荫逐渐地变绿了。可是旋儿还是没有来，这时也没有鸽子飞来，没有老鼠过来和约翰说话。约翰问花儿，花儿也只是点点头，没有回答他。“我的惩罚还没有结束。”约翰想。

春天终于来了。

一个清朗的早晨，约翰偶然走过池塘边的大房子，突然发现房子的窗户都开了，莫非住在里面的人都回来了？

水边的野樱桃上长满了新叶子，每一条嫩枝都展开一对对精致的绿翼。树边的草地上躺着一个女孩，约翰只看见她金色的头发和浅蓝色的裙子。一只红胸脯知更鸟落在她的肩头，从她手里啄食。突然，她转过头来，看着约翰。

“你好！”她说着，友善地点点头。

约翰从头到脚都震住了——这是旋儿的眼睛，旋儿的声音。

“你是谁？”约翰问，他兴奋得嘴唇颤抖。

“我是知更鸟女孩儿，叫我荣儿好了。这是我的鸟，他不怕你呢，你喜欢鸟儿吗？”

红胸脯的知更鸟确实不怕约翰，它随即飞到约翰的肩膀上，正如先前一样。她一定就是旋儿！这个蓝色的精灵！

“你叫什么名字？”旋儿的声音继续问着。

“你不认识我？你不知道我是约翰吗？”

“我怎么会知道？”

这是怎么回事？她的声音如此熟悉，如此悦耳，她深邃的蓝色眼睛和旋儿一模一样！

“你为什么这么看着我，约翰？难道你以前见过我？”

“是的，我见过你，真的。”

“……你是在梦里见到我的吧？”

“在梦里?”约翰想,“我在梦里见过她吗?还是我现在还在做梦?”

“你是在哪儿出生的?”约翰问。

“离这很遥远的地方,在一个大城市。”

“是在人的世界里吗?”

荣儿笑了——这也是旋儿的笑容:“为什么你要这么问?我想我是人,难道你不是?”

“不,我也是人。”

“可难道你不乐意做人吗?你不喜欢人类吗?”

“不喜欢,谁会喜欢?”

“谁会喜欢?——哎呀,约翰,你真是个奇怪的小男孩。难道你更喜欢动物吗?”

“对,更喜欢,还有花儿。”

“我有时候也是,但只是偶尔的。不过我觉得这是不对的。我们还是应该爱我们的同类,这是我爸爸说的。”

“这怎么就不对了呢?我要爱谁就爱谁,有什么对不对的?”

“哎呀,约翰,是你的爸爸妈妈没把你照顾好吗?你不爱他们吗?”

“不,”约翰想了想说,“我爱我的爸爸,可我爱他并不是因为这是应该的,也不是因为他是一个人。”

“那又是为什么?”

“我也不知道——也许是因为他和其他人不一样,也许是因为他和我一样喜欢鸟儿和花儿。”

“我也是,约翰,就像你看到的。”荣儿叫唤知更鸟飞来落在她的手上，温柔地看着约翰。

“这些我知道的。”约翰回答，“我也很喜欢你。”

“这么快！”小女孩笑了，“那么，你最喜欢谁呢？”

“谁？”约翰犹豫了，他要说出旋儿的名字吗？他一直很害怕在别人面前提到这个名字。可是，这个金发蓝衣的人难道不就是变成人形的旋儿吗？不然，她怎么会让自己这么放松这么愉悦呢？

“你。”约翰回答，直视着那双深邃的蓝眼睛。他大胆地彻底地向她坦白了，但他还是有一些害怕，也很渴望自己珍贵的坦白能得到回应。

荣儿又笑了，又是旋儿那清脆的笑声。荣儿握起约翰的手，表情并不冰冷，也并不害怕。

“为什么，约翰？我做了什么，能瞬间得到这一切？”

约翰没有回答，只是坚定地看着荣儿。荣儿站了起来，手搭在约翰肩膀上，她的个头比约翰高一点。

荣儿和约翰在树林里信步缓行。他们采了一大束黄花九轮草，鲜亮的黄花把两位可人儿的脸都挡住了。知更鸟跟随着他们，在树林中飞来飞去，他黑亮的眼睛闪烁着，注视着荣儿和约翰。

没有说太多话，约翰和荣儿只是时不时地用余光注视着对方。面对如此偶然的相遇，两人都有点不知所措，也不知道对方想什么。

天色已晚，荣儿要回家了。

“我必须走了，约翰。不过你还会找我散步吗？我觉得你是一个很好的男孩。”当他们转身要分手时，荣儿说。

“咻——咻——”知更鸟鸣叫着，在荣儿身后飞着。

荣儿走了，她的身影萦绕在约翰的心中，他不再怀疑她是谁了。他把自己的友谊都给了她。旋儿的名字渐渐从他心中消逝了，取而代之的是荣儿。

现在，似乎一切都和以前一样了。花儿欢乐地点着头，芳香驱散了约翰想家的忧伤。暖暖的春风轻拂着，在这片温柔的碧草中，约翰突然觉得，自己像是回到了家，像鸟儿找到了巢。他张开双臂深深呼吸，心中无比幸福。

回去路上，约翰目光所及，浮现的都是荣儿金发蓝衣的身影。这种感觉就如同看过太阳之后，不论再看什么，太阳的影子总会在眼前晃动。

自那天以后，约翰每天早晨都去池塘边。他起得很早，就在麻雀在窗畔的常春藤上开始争吵的时候，就在椋鸟在屋顶振翅迎向清晨第一缕阳光的时候，他就起来出发了。他穿过带露水的草地，来到那栋房子旁，等在紫丁香花丛后，直到玻璃门开了，一个轻盈的身影走了出来。

他们出门远足，漫步在树林里，翻越林边温柔的沙丘。他们谈论看到的一切，大树、植物、丘陵。在荣儿身边，约翰有一种奇特的感觉，他时常感到自己会轻盈地飞起——当然这并没有发生。约翰给荣儿讲花儿和动物们的故事——这其实是他从旋儿那儿听来的，可是他已经忘了，现在眼前的不是旋儿，而是荣儿。

当荣儿友好地看着他微笑的时候，约翰感到如此幸福。他很享受和荣儿聊天的感觉，就像往日和小狗普勒斯特说话那样舒服。他告诉荣儿自己脑中的一切，毫无保留，从不害怕。荣儿不在身边的时候，约翰会很想她；而且，不论自己做什么，约翰都会先想想，不知荣儿认为这样做对不对、好不好？

荣儿似乎也和约翰一样快乐，她笑着跑着去见约翰，并和他说，和他散步很开心，而和其他人散步就从来没有这么快乐过。

“但是，约翰，”有一天，荣儿突然说，“你怎么知道金龟子在想什么，知道鸫鸟在唱什么，知道兔子窝里面的样子，知道水底下的景观？你是怎么知道所有这些事的呢？”

“有人告诉过我。”约翰说，“我自己也去过兔子窝，潜过水。”

荣儿蹙起美丽的眉毛，半带嘲弄地看着约翰，可是约翰的样子不像在说谎。

他们坐在盛开的紫丁香花树下，前方的池塘遍布芦苇和浮萍。他们看着黑色的水蜗牛在水面下滑行，看着红蜘蛛忙碌地上下挥舞，眼前的一切充满了生命和运动。约翰沉浸在回忆中，凝视着水底，缓缓说道：

“有一次，我潜入水中，顺着芦苇走到最底下。这里布满轻柔漂浮的落叶，笼罩着一片朦胧的光——光是绿色的，因为上面的浮萍投影下来。我头上是长而白的浮萍的根，在水中缓缓摇摆着。蝾螈轻轻地游过来，好奇地环绕在我周围——看到一个这么大的生物游在水中，确实是一件奇怪的事。在水底下，我无法看得更远，因为这里太暗，绿色又太浓重。在这片黑暗中，水生动物都成了一个个黑影，有时候会游来一只胖胖的水蜗牛，有时候是一条小鱼。我走啊走啊，走了好几个小时，走了很长很长一段路。水中央是一片巨大的水草林，蜗牛在上面爬行，水蜘蛛在织

着他们闪亮的网。棘鱼穿梭在水中，一看到我都很惊奇，他们停下来，微张着嘴巴，颤动着鱼鳍。我还不小心踩了一条鳗鱼的尾巴，又和他成了好朋友！鳗鱼和我讲他的旅行经历。他曾游走过很多地方，如同大海一样辽阔，也正因如此被选为池塘之王，因为没有人能游走这么长的路。鳗鱼一直都在泥土里睡觉，只有吃饭的时候醒着，鱼儿们给他带饭吃。他的饭量大得惊人，不过那也许就是他能成为国王的原因吧。他们都喜欢胖胖的国王，那样看起来特别体面！呵，池塘里真是太美了！”

“现在你为什么不再潜下水去看看？”

“现在？”约翰睁大眼睛疑惑地看着荣儿，“现在？我永远不能再潜水了，会被淹死的。但我不在意，我更乐意待在这儿，在丁香树下和你坐在一起。”

荣儿摇了摇她的金发，更迷惑了，她摸摸约翰的头发，又看看她的鸟。知更鸟似乎在池塘边找到了好吃的，只是时不时地回头看看荣儿、约翰，明亮的黑眼睛闪烁着。

“你懂得所有这一切吗，小鸟？”

小鸟似乎全都明白，埋头继续觅食。

“告诉我更多吧，约翰。继续讲你那些有意思的见闻吧。”

约翰当然乐意，他继续和荣儿聊着，荣儿完全相信他，专注地听着。

“可这都是在哪儿发生的呢？为什么你现在不能和我一起去？去你曾去过的那些地方吧，我很想去。”

约翰努力回忆着，可是，阳光下倏然一片薄雾掩来，让他记起的模糊景象瞬间消散。他实在记不起来了，也不明白为何以前的欢乐就这样渐渐远去了，在心里一点痕迹都没有。

“我真的不太清楚了，你也不要问了。一个傻傻的小东西破坏了这一切。不过现在都好了，甚至比以前更好。”

怡人的丁香花气倾泻而下，池塘上的昆虫低低鸣叫，暖煦的阳光照在身上，让人心醉神迷。时光静静流淌，直到大房子里的时钟“叮叮当当”响起，荣儿才匆匆跑回家去。

晚上，约翰回到自己的小房间，望着攀爬的常春藤叶在地板上投下的月影，他隐约听到窗户有敲打的声音。一开始他以为是常春藤叶被风摇晃发出的声响，可是声音越来越明显，每次都是响三下。约翰慢慢打开窗户，小心翼翼地往窗外看。贴墙的常春藤在清幽的月光下闪闪发光——下方的黑暗世界多么神秘啊，那里有高高低低的洞隙，月光透进去蓝色的幽光，而黑暗显得更加幽深寂静。

盯了一会儿暗影，约翰终于认出了一个小矮人的身形，靠近窗子，被一片硕大的常春藤叶子掩映着。他一下子认出那是将知！因为他有惊奇的眼睛和高扬的眉头！月光照在将知鼻尖上，闪出一丝亮光。

“你忘了我了，约翰？你从没想过我吗？现在正是找那本书的时候，你请红胸脯知更鸟给你指路了吗？”

“呃，将知，我为什么还要问？我现在已经拥有了我想要的一切，我已经有荣儿了。”

“这是不能长久的。你可以更幸福——当然荣儿也可以更幸福。小钥匙还在那儿吗？如果你俩能一起找到那本书，那该多好啊！你问问红胸脯的知更鸟吧，我也一定尽我所能帮你。”

“我一定会问的。”约翰说。将知点点头，敏捷地攀着常春藤下到地面。黑影绰绰，常春藤的叶子幽光闪闪。

那一夜，约翰久久不能入睡。

第二天，约翰问知更鸟，哪里能找到金盒子。荣儿听了很惊讶。知更鸟点点头，余光看着荣儿。

“不在这儿，不在这儿！”知更鸟拍打着翅膀说。

“约翰，你在问什么呢？”荣儿问。

“荣儿，你知道这些事吗？真理之书在哪里？难道你并没有等待金钥匙？”

“不知道，我一点儿也不知道啊！到底是什么事？请告诉我。”

约翰把真理之书的事一五一十地告诉了荣儿。

“我有钥匙；那你一定有那个金盒子吧，小鸟？”约翰问。

可是小鸟假装没听见似的，突然飞到浅绿的桦树那儿去了。

沙丘下桦树丛生，灌木茂盛，斜坡上分出一条布满绿草的路来，约翰和荣儿在这条绿草路尽头坐着，那里有墨绿厚实的苔藓。矮灌木丛顶端清晰可见，绿叶如海浪般飘拂在光影中。

“我相信，”荣儿想了想说，“我能比你更快找到那本书。可是你说的小钥匙是什么意思？你是怎么得到它的？”

“啊，我是怎么得到的？怎么得到的？”约翰问着自己，凝望着远方那片绿野。

突然，两只白蝴蝶飞入约翰的视野，它们在和煦的阳光和湛蓝天空中熠熠生辉，它们飘扬着，频频的振翅让人眩晕，它们渐渐地飞向约翰。

“旋儿，旋儿！”这个名字突然又回到约翰的脑海里，他喃喃地叫出这个名字。

“旋儿是谁？”荣儿问。

知更鸟叽喳起来，草丛中站立着的雏菊，也突然用圆圆的白色的眼睛看着约翰。

“他给了你小钥匙吗？”荣儿问，约翰点点头，但他没有说更多。荣儿继续问：“他是谁？他告诉你所有这些事了吗？他现在在哪儿？”

“他已经消失了。现在是荣儿，没有其他人，只有荣儿。”他抱着荣儿的胳膊，头埋在荣儿怀里。

“傻孩子！”荣儿说着笑了起来，“我会让你找到那本书的！我知道它在哪儿。”

“那我要去取钥匙，在离这儿很远的地方。”

“不，不，你不需要去。没有钥匙我也可以找到这本书。明天，我保证，明天就可以了。”

他们回家了，白蝴蝶在他们前方飞舞着。

那天晚上，约翰梦见了爸爸，梦见了荣儿，梦见了很多人，他们全是约翰的好朋友，围在周围，友善而信任地看着他。可是突然，他们的脸全变了，开始冰冷地嘲笑他，所有人都对约翰生气、嫌恶，充满敌意。约翰害怕极了，他感到莫名心痛，直至醒来，放声恸哭。

九

约翰在那儿等了很长一段时间。空气清冷，厚厚的云朵绵绵叠叠在天穹，它们如同灰黑的披风，向着闪亮的高处昂起高傲的头颅。光和影相互追逐，迅捷地划过树林，如同炽热的火焰。约翰感到很不安，他想着那本书，真不敢相信自己马上就要找到它了。在云层之间，是清澈深远的蓝天，那儿有羊毛般的小云片安静地飘浮着，如此柔嫩、洁白，精妙地蒙茸着。

"书也一定像这小云片那样！"约翰想，"那么高，那么亮，那么安静！"

荣儿来了，鸟儿没有一起跟过来。"一切都好了，约翰！"荣儿叫着，"你可以过来看这本书了！"

"红胸脯的知更鸟呢？"约翰疑惑地问。

"他没来，因为我们不散步啊。"

于是约翰跟着荣儿走了，一路上想着："这不可能——应该不是这个样子的，一定是很不一样的。"

不过，他还是跟着女孩儿走着，闪亮的金发照亮了路。

哎！悲伤的事情就要降临到约翰身上了，我真希望约翰的故事到此为止。你是否曾梦见过魔力的花园，里面的花儿和动物都爱你，并且喜欢和你说话？在梦里，你是否会想到，如果自己突然醒了，那么所有的光彩都会消失？然后你竭尽全力去抓住这个梦，可是眼前只有清冷的晨光。

约翰跟着荣儿走的时候，就有这种感觉。

荣儿带着约翰来到大房子里，他们在走廊里的脚步响起了回声。这里飘散着衣服和食物的味道，约翰不由想起那段他总待在家里的日子，那些学校的日子，那段生命中冰冷而灰暗的时光。

他们走入一个房间，人太多，无法看清有多少，他们正说着话，看到约翰进来了，就安静下来。约翰看到，地毯上有一个硕大的俗丽的花纹，就像他在家时那个房间的窗帘花纹那般奇怪。

“这就是那个园丁的儿子？”对面有个声音传来，“来这儿，我的小朋友，不要害怕。”

离他近一些的另一个声音说：“嘿，荣儿，你有一个很帅的小伙伴。”

这是怎么回事？约翰深黑而无邪的眼睛上方蹙起一道深深的皱纹，他惊恐而惑乱地看着四周。

一位黑衣男士在约翰旁边坐下来，灰色的眼睛冷冷地看着他。

“你是想看那本书中之书吗？我很奇怪的是，你爸爸这么虔诚的人，难道没给你看过吗？”

“你不认识我的爸爸，他在很远很远的地方。”

“没错！不过都一样。看看这个，我的小朋友！仔细地研读它，它会给你指明生活的道路。”

可是约翰早就见过这本书了，这根本不是他想找的那本书。

不是那本，完全不是。他摇了摇头。

“不，不，这不是我说的那本书。我知道这书，我说的不是这本。”

他听到惊讶的叫声，也感到四周投向自己的目光。

“什么？你什么意思，小朋友？”

“我认识这本书。这本书是人类信仰之书。但书里讲的是远远不够的，如果足够，那现在人的世界将会和平而幸福——然而并没有。我认为一定有另一本不寻常的书，没有人会怀疑它。它明确而清楚地写着，万物为什么是现在这个样子。”

“这怎么可能呢？这个男孩是从哪儿捡来了这样的想法？”

“谁教你这些的，小朋友？”

“恐怕你是读了邪恶之书了，我的孩子，现在谈话也染上了这种气息。”

各种声音响起来了，约翰感到脸颊发热，眼睛昏眩——似乎整个房间都旋转起来，地毯上的大花一上一下地漂浮着。那天在学校里诚心帮他的小老鼠在哪里啊？约翰好盼望她能出现。

小老鼠！小老鼠！

“我并没有照书胡说，那位教我这些的人，比你们所有人加在一起都重要！我懂得花儿和动物的语言，我是他们的朋友；我也知道人是什么，知道他们如何生活；我知道所有精灵的秘密，认识树精灵。他们都喜欢我，比人更喜欢我。”

指责和嘲讽的笑声从四面八方传来，约翰感到耳朵里嗡嗡作响。

“他好像读了汉斯·安徒生的童话。”

“他脑子不太正常。”

约翰对面的男子说：

“我的孩子，如果你知道安徒生，你就要明白，安徒生敬畏上帝，尊重上帝的言论。”

“上帝！”约翰知道这个词，记起了旋儿曾教过他的——

“我并不敬畏上帝。上帝是一盏巨大的煤油灯，它造成了无数人的不幸和灾难。”

突然笑声没了，只有可怕的沉默，充满恐怖和惊愕的沉默。约翰清楚地感受到各方锐利的目光，似乎要刺穿自己，他如坐针毡，后背发凉。这种感受如同他前天的梦魇。

黑衣男子迅速站起来，把约翰架走了，约翰那句话伤害了他，挫伤了他的勇气。

“听着，年轻人：不知道你是不是彻底无知败坏，我刚才听到的是一番亵渎神灵的谈话。滚！不要让我再见到你。我会留意看你未来会变成什么样，但你永远不能再踏进这个屋子。明白了吗？”

所有的面庞都如此冰冷而充满敌意，正如他在梦里见到的那样。

约翰极度痛苦地环顾四周：

“荣儿——荣儿在哪儿？”

“对了！你会带坏我的孩子！记住，你永远不能再来这里！”

黑衣男子粗暴地抓住约翰走出房门，迅速穿过响彻回声的走廊，把约翰扔在玻璃门外，“砰”的一声关了门。

屋外乌云密布，约翰没有回头，只是直视正前方，缓缓地向前走着。他双眼上方的皱纹更深、更悲伤了，再也无法平展。

知更鸟在酸橙树篱上看着约翰缓缓前行，约翰看到了，但没说什么。小鸟羞怯敏锐的眼光中，已经不再有信赖。约翰再走近一步，小鸟迅疾飞走了。

“快走，快走，来了一个人!”花园小径上成排的小麻雀拍着翅膀说着，也四散飞走了。

花儿也没有了笑容，漠不关心，表情僵硬，就像对陌生人那样。

约翰并未留意这些迹象，只是想着刚才那群人残忍伤害自己，就像一只冰冷坚硬的手玷污了他内心深处最柔软的灵魂。“他们应该相信我！我一定会拿到我的小钥匙，证明给他们看。”

“约翰，约翰!”一个微小的声音传来。这是一棵冬青树上面的鸟巢，将知的大眼睛从边上露了出来。“你去哪儿啦?”

“都怪你!”约翰说，“让我一个人静静。”

“你为什么要去见他们？人永远都不能理解你。你为什么告诉人那些事？真是傻瓜!”

“他们嘲笑我，伤害我。他们太可恶了！我恨他们。”

“不，约翰，你爱他们。”

“不，不!”

“如果你不爱人类，当你发现自己和他们不一样的时候，也不会烦扰。对你而言，他们说什么都不重要。你要学会不在乎这些。”

“我想要我的钥匙，我想拿给他们看。”

“你绝不能那样做；做了他们也不会相信你。这有什么用吗?”

“我想从玫瑰丛那儿拿回我的钥匙。你知道路吗？”

“是的，当然，你是说池塘边的那片玫瑰丛吗？是的，我知道路。”

“那带我去吧，将知。”

将知爬到约翰的肩膀上，给他指路。他们走啊走，走了一整天。风吹着，大雨时不时地落下，到傍晚时，云也不再流动，堆叠成金色和灰色的长条。

当走到熟悉的沙丘，约翰的心都要碎了，他一遍又一遍地低声唤着：“旋儿，旋儿！”

那里有兔子窝，还有他曾经睡觉的地方。灰色的驯鹿苔柔软潮湿，也没有被他踩坏。却不见玫瑰，到处都是黄色的月见草，千百朵花张开花杯，飘出迷醉的微香。高大的醉鱼草上满是覆了细绒毛的叶子。

约翰细细寻找，想找见那棵有小赤褐色叶子的野玫瑰。

“钥匙在哪儿呢，将知？我看不见。”

“我不知道啊，”将知说，“是你埋的钥匙，不是我。”

先前是玫瑰丛的那片土地，现在遍布黄色的月见草，他们漫不经心地望着天空。约翰到处问玫瑰丛和钥匙的下落，他问月见草，又问醉鱼草，但他们都太骄傲了，高扬起他们的花朵；约翰又问沙地上的三色堇，可是他也不知道。他们都是在这个夏天刚来的，不了解情况。

“哎，野玫瑰在哪儿，在哪儿？”

“你是不是也在骗我？”将知叫起来，“我就预料到会这样，人总喜欢欺骗。”

他从约翰的肩膀上滑下来，跑到金雀花丛中。

约翰环顾四周，几乎要绝望了——这里只有一小丛野玫瑰。

“那片繁茂的玫瑰丛在哪儿呢？”约翰问，“原来就在这儿的那一大片。”

“我们从来不和人说话。”小灌木说。这是约翰听到的最后一句话，之后四周的一切生物都沉默了，只有金雀花丛在晚风中轻轻地叹着气。

“我现在是一个人了？”约翰想，“不！不可能，不可能！我不要做一个人，我恨人类！”

约翰筋疲力尽，心伤欲碎。草地边缘柔软的苍苔散发出强烈的湿气，他无心顾及，瘫坐了上去。

“现在我找不到回去的路了，我永远都不能再见到荣儿了。如果没有荣儿，我还能活下去吗？我将要活下来，长成一个人吗？——长成像嘲笑我的那些人一样？”

突然，他又看到那两只白蝴蝶，从太阳落山的地方飞过来。他渴切地望着这两只蝴蝶，它们会给他指路吗？蝴蝶在约翰上方飞舞，时而会合，时而散开，就这样玩乐着轻快掠过。它们离太阳越来越远，朝着树林飞去，慢慢地消失在沙丘山脊中。天际大片厚重乌云下一线夕光如火射出，树林只有最高处的枝梢还红亮着。

约翰站起来，奋力追着蝴蝶走。但当蝴蝶飞过第一片树林时，约翰瞥见一个黑影尾随并无声超了过去。紧接着，蝴蝶消失了。那黑影迅猛地扑杀了它们，约翰吓得用手捂住了脸。

“嘿，我的小朋友，你哭什么呢？”身边一个尖锐的声音嘲弄道。约翰先前看到一只巨大的蝙蝠飞向自己，可抬头看时，却是一个黑色的小矮人站在沙丘上，他和自己一般高，大大的脑袋，大大的耳朵，映衬着明亮澄净的夜空甚是醒目，身躯瘦削，腿细细的。约翰看不清他的脸，只看到一双精小闪亮的眼睛。

“你是不是弄丢了什么东西，我的小伙伴？我能帮你找到它吗？”小矮人说。

约翰没说话，摇了摇头。

“看这儿，你想要这个吗？”他又开始说话，张开了他的手。

约翰看到他手里有白白的东西在颤动——是那两只蝴蝶！它们快要死了，颤动着被撕破和拗断的小翅子。约翰浑身战栗起来，就像有人在他后背吹了一道冷风。他惊恐地抬头看着这个陌生人："你到底是谁？"

"你想知道我的名字吗？好吧，叫我穿凿，叫穿凿好啦。我还有一个更可爱的名字，可是你不会理解它的含义的。"

"你是一个人吗？"

"越来越有意思了！我有头有手有脚，看，多大一个脑袋——你竟然问我是不是一个人！为什么？约翰，为什么要这么问？"小矮人发出刺耳的笑声，让人毛骨悚然。

"你怎么会知道我的名字？"约翰问。

"呃，这对我来说太容易啦！我还知道更多，我知道你从哪里来，你来这儿做什么，我知道所有奇妙的一切——几乎是全部。"

"啊，穿凿先生……"

"穿凿，穿凿，有话直说别客气！"

"你说你知道所有的事——那你知道……"可说到这儿约翰突然沉默了。"他是一个人。"约翰心想。

"你指的是那个小钥匙吗？为什么不说话了？你说的是钥匙吧？"

"可是我以为，人类中没有一个知道这些事的。"

"傻孩子！除了你所认为的，将知会告诉我一切啊。"

"你也认识将知吗？"

"当然！他是我最好的朋友，我有好多朋友呢。不过即使没有将知，我也会知道这些的。我比将知知道的还多。将知是个非常好的人，就是太傻，不是一般地傻。我可不是傻子，绝对不是！”穿凿用细细的小手拍着自己的大脑袋。

“约翰，”穿凿继续说道，“你知道将知最大的缺点是什么吗？不过你千万别告诉他，他知道后会很生气的。”

“嗯，他最大的缺点是什么？”约翰问。

“他根本就不存在。这是最大的缺点，可是他从来就不承认，还对我说同样的话，说我不存在！他肯定在说谎啊！可就算我真的不存在吧，那又怎样？”

穿凿把蝴蝶放入他的小背包，突然倒立在约翰面前，他惊悚地笑起来，伸出令人生厌的长舌头——在这渐渐暗黑的黄昏，渺无人烟的沙丘，约翰先前一个人和这个奇物说话，竟全然不觉，而现在着实被吓得直打哆嗦。

“这是一个更清楚地看世界的方法，”穿凿说，仍然倒立着，“如果你也喜欢，我教你。这样你看任何事物都会更清楚，更真切。”

他在空中挥舞着小腿，双手撑着身体旋转起来，夕阳映在他倒置的脸上，闪现熠熠红光，这让约翰不寒而栗；他的小眼睛在余晖中闪动着，在不易看到的上眼皮那儿露出白眼球。

“约翰你看，从这个角度看上去，云彩如同地面，而地面犹如世界的屋顶。把这些颠倒过来其实是很容易的，没有什么是真正意义的上和下。也许，云朵那儿是一片更美的散步场。”

约翰抬头望向远处绵延的云，他觉得那些云带就像一片正在被犁耕的田地，犁沟红红的，宛如渗出的鲜血。在湖的上空，云洞之门已经打开。

“有谁能到那儿去，从云洞中进去呢？”约翰问。

“异想天开！”穿凿说，突然倒转过来正常站立了，这让约翰轻松了许多。“完全异想天开！你到了那儿就知道了，那儿和这儿其实没什么两样。你现在觉得远方更美，但其实，那片看似美丽的云彩上，到处都是雾气蒙蒙，灰暗阴冷。”

“我不相信你。”约翰说，“现在我看你就是一个人！”

“拜托！我的小朋友，你不相信我，竟然是因为我是一个人？可你又是什么生物呢？我倒想知道。”

“啊，穿凿，难道，我也是一个人吗？”

“那你认为是什么？难道你觉得你是一个精灵吗？精灵是不会爱的。”穿凿突然在约翰旁边盘腿坐下，邪恶地笑着并盯着约翰。约翰被盯得说不出地尴尬和不适，只想逃开或隐身，可又无法不看他。“只有人才会坠入爱河，约翰。当然这没什么不好的，否则人也不存在了。听着，你也正如他们一样在爱着，即使你现在还是一个小男孩——这个时候，你正想着谁呢？”

“荣儿。”约翰小声说着，声音低得几乎听不见。

“现在你最想念的人是谁？”

“荣儿。”

“你觉得，如果失去了谁，你就活不下去了？”

约翰默默地嗫嚅着：“荣儿。”

“是吧，少年，”穿凿露齿笑了起来，“那你怎么会幻想自己是一个精灵呢？精灵是不会爱上人类的女孩儿的。”

“可能因为她是旋儿……”约翰结结巴巴地说，自己也很迷糊。

一听这话，穿凿暴怒起来，并用他瘦骨嶙峋的手揪住约翰的耳朵。"这是什么荒唐事？你想用那个妄自尊大的小东西来吓唬我吗？他是个十足的傻子，甚至比将知还要傻。他浅薄无知，最糟的，是他根本就不存在，从来就没存在过！只有我是真实存在的，知道吗？你不相信？我会让你感到我的存在。"

倒霉的约翰被穿凿一直揪着耳朵，哭了起来："可是我认识他很久了，还和他一起去了很多地方。"

"你那是在做梦！不然你说，玫瑰丛和小钥匙在哪儿呢？你现在可不是在做梦，感觉到了吗？"说完他又掐了一下约翰。"啊！"约翰哭了起来。

这时天黑了下来，蝙蝠在他们上空飞舞，发出刺耳的叫声。空气黑暗而凝重，林间的叶子不再翻转飞舞。

"我可以回家了吗？"约翰问，"回家找爸爸。"

"找你的爸爸！干什么？"穿凿说，"你离家那么久了，他们会热烈欢迎你回来。"

"我想回家。"约翰说着，他想念自己舒适的小房间，那里有明亮的灯，他总是坐在爸爸旁边，听着他钢笔写字沙沙的声音。那里很安静，但一点儿也不孤单。

"哎，如果你不跑出来，为了那个不存在的自大狂妄的人在外面待那么长时间，你应该是很顺利的。不过现在一切都太迟了，但也没关系，我会照顾你的。不论是你爸爸还是我来照顾你，最终结果都是一样的。这样的父亲——其实仅仅关乎教育而已。现在你还是选择你的父亲吗？你认为世上没有人比他更善良更聪明吗？我比他善良，比他聪明，聪明很多！"

约翰再也无心回答，他闭上双眼，无力地点点头。

“对于这个荣儿，我想你也不必再找她了。”穿凿继续说着，他把手放在约翰肩膀上，贴着约翰耳朵说道，“她像其他人一样把你当成傻瓜。看到没，当他们嘲笑你的时候，她只是坐在角落什么都没说。她并不比其他人好。她认为你是一个不错的男孩，可是也仅仅想玩玩而已，就像玩一个金龟子。她根本不在意你会消失，也对那本书一无所知——但我知道那本书，也知道它在哪儿，我会帮你找到它的，我知道所有的一切。”

约翰开始相信他了。

“现在，你会和我一起吗？你会和我一起去寻找这本书吗？”

“我现在太累了，”约翰说，“让我先睡会儿。”

“我可不想睡。”穿凿说，“为了它，我都兴奋得不得了。人必须永远保持清醒和思考的状态。但我还是会给你一些休息的时间的，睡到明天早晨吧！”穿凿尽可能做出一个友善的表情。

约翰凝视着他闪烁的小眼睛，可是什么也没看到。他感到头很沉，不一会儿就躺在遍布青苔的小山丘上。那双闪烁的小眼睛似乎越来越远，直至镶嵌在远处黑暗的夜空，他仿佛听到了远处的声音，仿佛脚下的土地渐行渐远……他什么都不想了。

十

半梦半醒间，约翰隐约感到自己睡着时发生了一些事情，但他并不渴切想知道那是什么，也不急于睁眼看周围的情形。他一直在做着梦，那个渺如轻烟般渐渐消逝的梦，约翰宁愿回到梦里——荣儿回来了，她像以前那样轻抚着约翰的头发；约翰又看到了爸爸，看到了普勒斯特，他又回到了有池塘的花园里……

“噢！好疼！是谁？”约翰睁开双眼，在灰暗的晨光中，隐约看到一个小男人站在身边揪自己的头发！他发现自己睡在床上，周围的灯光微弱暗淡，如同在一个屋子里。可是，那张俯下身看他的脸，让约翰又想起过去的那个恐怖的夜晚——这是穿凿的脸，虽然少几分鬼怪样，多几分人样，可仍然像以前那样丑陋和可怖！

“不要吵醒我！让我继续做梦！”约翰大叫起来。

可穿凿继续摇晃他：“你疯了？小懒虫！做梦是最傻的，你不会有任何进步。人必须工作、思考、寻找，这样才是人！”

“我情愿不是人，我要做梦！”

“这我可无能为力，你必须要做人啊。你现在归我管，就必须和我一起工作，一起寻找。只有和我在一起，你才能找到你想要的东西。在找到它之前，我是不会放弃的！”

约翰虽然有点沮丧，可心里似乎有强大的动力了。他不太情愿地向穿凿屈服了。

沙丘、树林、花儿都消失了，约翰现在是在光线暗淡的小屋里；外面，他目光所及之处，是房子、房子，一排排的房子，灰暗肮脏的房子。每个房顶上都冒着浓烟，这使得街上到处弥漫着棕色的烟雾。街上行人匆匆忙忙地走着，像一群群黑色的蚂蚁。人声喧哗，无休无止。

“看，约翰，”穿凿说，“这难道不是一个很好的景色吗？都是人和房子！不论你往哪儿看，不论你看多远，哪怕看到远处蓝色高塔那儿——都是人，从上到下都挤满了人。这也是个奇观，是和沙丘完全不一样的！”

约翰好奇又惊恐地听着，就像一个巨大而丑陋的怪兽突然出现在他面前。他感到自己仿佛站在这个怪兽的背上，看到它粗大的血管里流淌着黑血，它千百个鼻孔里呼出黑色的气体，它发出的不祥的嗡嗡声让人恐惧不安。

“看那些人走得多快！”穿凿继续说着，“你看到他们匆匆忙忙地在寻找着什么，对吧？但可笑的是，没有一个人确切地知道自己寻找的到底是什么。当他们找着找着，过了一段时间，就会有个人来找他们——他的名字叫永终。”

“他是什么人？”约翰问。

“我的一个好朋友。哪天我介绍你俩认识认识。永终会对人们说：‘你是在找我吗？’大多数人会回答：‘哦，不！我不想要你！’可是永终会继续说：‘可是除了我，你们就没什么好找的了。’于是他们不得不接受了永终。”

约翰明白了，穿凿说的是死亡。

“那，永远……永远都会是这样的吗？”

“当然，永远都是这样的。不过，日复一日，不断会有新人过来，他们也毫不犹豫地开始新的寻找，他们找啊找啊，最终还是找到永终。这种情况已经持续很长时间了，还会再持续下去。”

“穿凿，难道我的寻找也将一无所得，除了……？”

“啊，你终归会找到永终的，肯定的！但没关系，你还是会寻找的，一直寻找。”

“可是还有那本书呢，穿凿，你说过要和我一起寻找那本书的。”

“啊，谁知道呢！我现在还没有收回我的话啊！我们要努力寻找它，起码我们知道去哪儿找它啊，将知告诉过我们的。也有这样一些人，他们一生都在寻找，尽管对要找什么并不怎么了解，这是科学家。可是一旦永终来了，他们的探寻就全都结束了。”

“这太可怕了，穿凿！”

“哦，不，一点都不可怕！永终是非常好的人，只是一直被人误解。”

突然，卧室门外传来人上楼的声音，“噔噔”，重重的脚步声踏在木梯上，“噔噔”，越来越近了……不一会儿，传来敲门的声音，宛如铁敲在木板上。

一个高高的男人进来了，他眼睛深邃，手脚细长。他进来的同时，一阵冷风吹进屋里。

“是你啊！”穿凿说，“请坐，我们正说到你呢，你最近过得怎样啊？”

“太忙了，太忙！”高高的男人一边说，一边擦去他瘦削光秃额头上冰冷的露水。

约翰坐着没动，胆怯地看着高瘦男人深邃的眼睛。高瘦男人也看着约翰，他的眼睛严肃而忧郁，但并不残酷，也无敌意。过一会儿，约翰感觉自己呼吸自如些了，心跳也没那么快了。

“这是约翰，”穿凿介绍说，“他听说有一本讲万物之理的书，他准备和我一起去寻找这本书，对吧？”穿凿意味深长地笑着。

“啊，真的吗？太好了！”死神亲切地说着，对约翰点点头。

“他担心不能找到这本书，但我告诉他首先要用心去寻找。”

“当然，”死神说，“用心寻找，这是最好的方法。”

“他原以为你很可怕。约翰，看看，你错了吧？”

“哦，是的，”死神看起来脾气很好，“人们总是把我说得很恶毒。我虽然没有好看的外表，但我的用意是好的。”

他微微笑着，仿佛正思索着比此刻说的更重要的事。他不再凝视约翰的脸，他往外看，若有所思地望着外面这座巨大的城市。

约翰很长时间都没敢说话，这时终于低低地说道：

“你现在是要带我走吗？”

“这话是什么意思啊，孩子？”死神说，从沉思中回过神来，“不，要带你走也不是这个时候。你必须先长大，成为一个好人。”

“我不想像其他人一样，长成一个人。”

“不，不，”死神说，“这是不可避免的。”

很容易听出来，死神经常说这类话，他继续说道：

“我的朋友穿凿会教你如何做一个好人。做好人有很多种方式，穿凿会用最好的方法教你。成为一个好人，是一件高贵的事情。你不能看不起好人，我的小朋友。”

“寻找、思考，观察你身边的生活。”穿凿说。

“当然，当然。”死神说，然后他又问穿凿，“你想带他去找谁？”

“去找数字博士，我以前的学生。”

“哦，对，一个非常好的学生，一个好人的优秀典范！在他所处的领域里，几乎就是完美的人了。”

“我可以再看到荣儿吗？”约翰问，颤抖着。

“这孩子在说什么？”永终问。

“他正在恋爱，还幻想自己是一个精灵。哈哈哈哈！”穿凿不怀好意地笑着。

“不，不，我的小朋友，不可以了。”永终说，“当你和数字博士在一起后，你很快就会忘记以前的一切。想要找到你所寻的，就必须放弃其他所有的一切。得到所有，或一无所有[①]。”

“我会让他成为一个真正的人，我会让他看到真正的爱是什么，那时候，他就会把这一切都抛开了。”

穿凿大笑起来。死神又将目光落在可怜的约翰身上，约翰忍不住啜泣起来，但他不敢在死神面前放声大哭。

死神突然站起来。“我必须走了，”他说，“我花了太多时间在谈话上，还有好多事情要做。再见，约翰！我们会再见的。不过你不要怕我。”

“我不怕你，我希望你能带我走。”

---

① 所有，或一无所有：英译 All or nothing，德译 Alles oder nichts。易卜生的话，出自剧曲 *Brand*。

可是死神轻轻地推开了他，他已经听过太多这种请求了。

“不，约翰——你现在就去工作，去寻找，去思索，不要再让我带你走。有朝一日我会再找你的，很快。”

死神消失了，穿凿又开始肆无忌惮起来。他从座位上跃起，翻了个筋斗，爬上橱柜和烟囱架子，在敞开着的窗户旁边玩拧脖子的危险游戏。

“那就是永终，我的好朋友永终！”穿凿说，“你不是很喜欢他吧？他也许瘦骨嶙峋，长得也不好看，偶尔也会厌烦这份单调乏味的工作。可是，他还是很愉快的，也总能从自己的工作中获得乐趣。”

“穿凿，有人告诉他下一步将要去哪儿吗？”

穿凿盯着约翰，眼里闪烁着狡猾的光。

“为什么要问这个？他想去哪儿就去哪儿，并带走自己可以带走的。”

约翰此时知道的并不多，他觉得穿凿说的都是对的。但在后来，约翰渐渐发现事情并不如穿凿所说那样。

他们走出房门来到街上，穿梭在汹涌的人群中。身穿黑衣的人们在周围喧闹着，他们如此欢乐地笑着谈着，让约翰感到很诧异。他看见穿凿对几个人点头致意，可是没人回头和他打招呼，他们一直目不斜视地往前看，好像根本就没看到穿凿。

“现在他们谈笑着走着，好像没有人认识我一样，但其实这些都是假象。当我和他们中任何一人单独在一起的时候，他们不可能装作不认识我，也不会像现在这样轻松愉快。”

他们继续往前走，约翰感觉有个人在跟着他们。约翰环顾四周，发现有个高高的苍白脸色的男人悄无声息地穿过人群，他向约翰点点头。

“别人也看得见他吗？”约翰问穿凿。

“当然，但他们不愿意去认识。好吧，我原谅他们的自大傲慢！”

人群骚动起来，约翰不知所措，忘了自己的悲伤。狭窄的街道安插着高高的房子，生生把蓝天劈成一条条笔直的路。人们来来往往拖沓地走着，车辆呼啸而过，惊扰了夜晚的美丽和恬梦，就如同暴风雨惊扰了平静的湖面。对于约翰而言，似乎世界上除了墙壁、窗户、人以外就什么都没有了，他感到自己也身处其中与他人无异，在沸腾的人群中推搡着左冲右突，天旋地转，难以喘息。

终于，他们来到了一个比较安静的地方，这是一座大房子，暗灰色的窗户，看起来严苛而无情。这里一切都是寂静的，飘散着一股陌生的气味，带着酸味，带着潮湿，如同从地窖里涌出来的味道。

走进屋里，约翰看到里面都是奇形怪状的各种仪器，一个男人孤单地坐着。他的周围全是书本、玻璃、铜器，这对约翰而言如此新鲜。一束日光越过他的头顶照在屋里，照在他周围烧瓶中五颜六色的液体上。可他专注地看着铜管，没有抬头。

约翰慢慢走近他，听到他喃喃自语：

“将知！将知！”

在他旁边黑黑的长台子上，似乎放着一个白白的毛茸茸的东西，可约翰看不清楚是什么。

“早上好，博士！”穿凿说，可博士仍未抬头。

约翰一直专注地盯着那个白白的毛茸茸的东西看，突然那个白东西抽搐了一下，把约翰吓了一跳。原来这是一只躺着的小白兔！小白兔的头被铁套子固定着，四条腿紧紧地绑在身上。它努力挣扎着想挣开捆锁，但很快就绝望地停下来了，也许知道自己不可能逃走了，于是又安静地躺着了，只有它那流血的喉头剧烈的起伏让人感到它还活着。

小白兔圆圆的温柔的眼睛越睁越大，眼里充满绝望无助的恐惧。约翰突然发现，自己好像认识这个小东西……这个柔软的小小身体，不就是那奇妙的第一夜他和旋儿靠着睡觉当枕头的那只兔子吗？以往的所有记忆突然全涌了上来，他冲向兔子。

“等会儿，等会儿！可怜的小兔子！我放了你！”他急切地试图把捆在小白兔细爪上的绳子松开。

可是约翰的手被紧紧抓住了，紧接着他听到一阵刺耳的笑声：

“你这是要干什么，约翰？你还是个小孩子吗？博士会怎么看你？”

“这个男孩想要干什么？他为什么来这儿？”博士奇怪地问。

“他想成为一个大人，所以我把他带到这儿来啦。可是他太年少，太孩子气。要找到你想要的东西，这样是不行的啊，约翰。”

“确实不能这样啊。”博士说。

“博士，快放了这兔子！”

可是穿凿双手抓着约翰，把他的手都弄疼了。

“小家伙，我们之前的约定呢？”穿凿在约翰耳边小声说，“用心寻找，不是吗？我们现在不是在沙丘上，不是和旋儿及那些动物在一起。我们现在是人，是人，明白吗？如果你还是想保持一个孩子的状态，如果你不强大到足以帮我，我就不管你了，你自己去找寻那本书吧。”

约翰沉默了，相信了穿凿。他要变得强大。他闭上眼睛，这样就看不到兔子了。

“亲爱的孩子，”博士说道，“你现在的心还是太软了。当然，一开始看这些确实是可怕的。我有时候也很反对这个，也尽量避免。可这是必要的。另外，你必须记住我们是人，不是动物，人类的科学事业和进步，远比几只小兔子重要。”

“听到了吗？”穿凿说，“科学和人类。”

“科学家，”博士继续说，“远在其他人之上。为了伟大的科学理念，他必须舍弃这些常人的微不足道的感情。你愿意成为这样的人吗？这是你的使命吗，我的孩子？”

约翰犹豫了，他不知道所谓使命是什么——他并不比那个小金龟子更明白。

“我想寻找将知说的那本书。”约翰说。

博士惊讶地问：“将知？”

穿凿赶忙回答：“是的，博士，我知道他确实想要寻找。他想寻找到最高智慧，他想了解事物的真实本性。”

约翰点头：“是的！”他想了解万物真相。

“非常好，可是你自己必须强大起来，约翰。不能胆怯、心软。这样我才能帮你，记住：全力以赴，得到所有，或一无所有！”

约翰颤抖着，把兔子小细爪上松了的绳子又系紧了。

十一

“等一会儿你就知道了，”穿凿说，“我是不是可以像旋儿那样带你看很多奇妙的事情。”

他们向博士告别，说好了很快就回来。穿凿带着约翰在城市的每一个角落巡行，想让约翰看看这座城市——这个大怪物，是如何生活，如何呼吸，如何滋养，如何扩张的。

穿凿偏爱阴暗的贫民窟，在那里，人们密密麻麻地挤靠着坐在一起，一切都是昏暗的，空气潮湿沉重。

穿凿带约翰走入一个高大的建筑，就是约翰第一天看到的那些不断冒烟的大房子中的一个。这里到处是震耳欲聋的声音——机器的重击声、咔嗒咔嗒声、重锤的敲打声、嗡嗡鸣叫声，巨轮滚滚，长带向前。墙壁和地板脏兮兮的，窗户破了，黑乎乎的。这个昏暗的建筑上面有一个高耸入云的烟囱，不断地吐出一圈圈黑烟。在滚滚转动的巨轮中，约翰看到一群脸色苍白、身穿黑衣、双手黝黑的人，他们忙碌地工作，一言不发。

“他们是谁？”约翰问。

“轮子，你可以称他们为轮子。”穿凿笑着说，“或者就叫人吧，随你怎么叫。他们就这样忙碌着，从早上一直工作到晚上。

即便如此，他们竟然也能称为人！当然这是按照他们的标准。”

肮脏的街道上，只剩下手指宽度的蓝天，还被悬挂出来的衣物这里那里遮挡着。小巷里挤满了人，吵吵嚷嚷说笑着，有时还唱起了歌。这里的房间都特别小，特别黑，特别脏，约翰感到喘不过气来。他看到脏乎乎的小孩在光秃秃的地板上爬着玩，蓬头垢面的年轻妈妈为苍白饥饿的婴儿哼着歌。他听到吵闹声和责骂声，他见到的每一张脸都如此疲倦、呆滞、冷漠。

约翰突然感到心头一阵剧痛，这是从未有过的感觉，他是如此羞愧。

“穿凿，”他说，“人类一直在这儿生活，这样痛苦和悲惨吗？等我……”他不敢问完。

“当然，不过也许他们很快乐呢。他们并不认为这是痛苦和悲惨的，他们早就习惯了这种生活，也不了解其他的生活。他们只是动物，无知而冷漠。看看这两位在门前坐着的女士，她们心满意足地看着污秽的街道，就如同你当时眺望着美丽的沙丘那样。你不必为这些人伤心，要哭，还不如为见不到太阳的鼹鼠哭呢。”

约翰不知道怎么回答，也不知道为什么自己还在哭。

他就这样一直在蜂拥喧闹的人群中穿行，看着脸色苍白眼神空洞的人们无言地前行。

“死神是个好人，你不觉得吗？”穿凿说，“至少他带人们离开这个地方。不过，就算在这儿，人们还是很害怕他。”

夜幕降临，无数灯火在风中摇曳，往黑暗的水中投下长长的波动的倒影，两人在安静的街道中缓缓前行。古旧的房子们似乎疲倦了，都靠在一起睡着了，它们都闭着眼，偶尔有一两扇窗户还闪着昏黄的光。

穿凿给约翰讲了很多这里居民的故事，他们热爱生活，却为了生存在这儿隐忍和挣扎着。穿凿对约翰毫不隐瞒，他专讲那些最阴郁、最低俗、最可怕的真人真事，一看约翰听到他的可怕故事脸色煞白哑口无言，就大笑起来。

“穿凿，”约翰突然问，“你知道‘伟大的光’吗？”

他想这个问题可以让他脱离此刻越来越浓重的压抑感，可以转换心情。

“纯粹是瞎说八道！”穿凿说，“那是旋儿的胡说！纯粹是梦幻！只有人才是真实存在的，包括我。难道你想象过一个上帝，或类似的这样一个神，会乐于管理这一片污浊混乱的地球吗？旋儿说的‘伟大的光’是不会照亮这里的黑暗的。”

“可是星星，星星呢，会照亮我们吗？”约翰问，他想象着，眼前这片卑污肮脏的城市能瞬间变得光彩华丽。

“星星！你在说什么呢，孩子？其实星星上面是没有光的，不是像你看到的灯火那样。那些星星是一个个世界，一个个比我们的星球更大的世界，那里有千百个城市。在那里，没有所谓的‘上’和‘下’，星星是圆的，星星的周围又都是星星，无穷无尽……我们就像一粒尘埃，在星星之间飘浮着。”

“不，不！”约翰恐惧地哭着，“不要这么说，不要这么说！我能看到太阳照亮黑暗的角落。”

“千真万确。你现在除了光什么都看不见。如果你就这样一辈子看着天空，你看到的只能是衬着黑暗背景的光。可是，你知道，你必须知道，那里是没有‘上’‘下’之分的。那些光都是星星，是如同我们地球一样的土块，上面挣扎的无数不幸的人，最后都会烟消云散。不要再用‘那些星星’来形容，好像它们只有几十颗似的，那是愚蠢的。”

约翰不再说话了，一个本可以照亮这污浊世界的“伟大之光”的梦，瞬间又崩坍了。

沉寂中突然蹦出穿凿兴奋的声音：“走吧，我们去看看更多好玩的。”

温柔的音乐飘扬到耳中。对面黑暗斜坡上矗立着一所大房子，长长的窗户上无数灯火在闪耀。一排四轮马车在门口等候，夜的寂静里传来马蹄轻轻刨动的声响，马儿摇头时，鞍具上的银

饰和车厢上的亮漆闪闪发光。

房中一片光华灿烂。无数的蜡烛，光鲜的色彩，反光的镜子，还有鲜花，晃得约翰两眼迷离。窗户旁走动着欢乐的身影，他们彼此鞠躬，欢笑，打着手势。房间另一头，人们盛装而来，徐缓而尊贵，轻盈而优雅。愉悦的谈笑、曳步舞的足音、裙子摆动的沙沙声，飘出了前门，和约翰在远处就听到的柔和音乐交错在一起。街上，几个黑影站在窗畔，屋内的灯火照亮了他们那写满热望和渴求的脸。

“太华美了！太盛大了！”约翰叫起来，眼前流光溢彩、花团锦簇的景观让他心花怒放，“这是要做什么？我们可以进去吗？”

“真的？你真的觉得这里华美吗？你不是更喜欢兔子窝吗？看看这些人，他们优雅地笑着、鞠躬，光彩照人。这里的绅士庄重有礼，女士优雅怡人。他们跳起舞来如此庄重，似乎这是世界上最重要的事情！”

约翰回想起兔子窝里那场盛大的舞会，这里太多的华彩让他回想起那个灿烂的夜晚。可是在这儿，所有一切都更宏大、更华美。在约翰看来，身着漂亮裙子的美丽女子就像精灵般可爱，当她们伸展着修长白皙的手臂，当她们跳舞时向一边侧着头。侍者们来来往往，礼貌地鞠躬，为宾客们奉上精美的食物和饮料。

“太美了！太炫了！”约翰喊着。

“美极了，是吧？”穿凿说，“可是你现在得明白更多。在这儿你只看到了欢笑，其实，这些欢笑都是虚伪的、骗人的。那些坐在角落里友善的年长女士就像水池边的钓鱼者；那些年轻女孩是鱼饵，那些男士是鱼。他们貌似和颜悦色有说有笑，但其实为了每条上钩的鱼，彼此之间充满了嫉妒和怨恨。年轻女子的欢乐，主要来自打扮得比其他人漂亮，或者有更多的舞伴；而男士的乐趣主要来自女子裸露的肩膀和手臂。在这一切明眸和笑颜背后，隐藏着完全不同的事，甚至那些看似彬彬有礼的侍者心里也一点儿都不恭敬。当然，如果大家突然直截了当说出这些实话，那么这炫目的盛会也就迅速结束了。”

听了这话，约翰似乎看懂了这些虚伪的脸面和做作的礼貌，这就如同微笑面具，当面具摘下，其后的空洞、嫉妒和厌烦，瞬间显露出来。

“当然，人们有权自行其是，他们需要这些娱乐活动，他们不知道其他娱乐方式。”

这时，约翰突然感到身后有人，他迅速环看四周，发现了那个著名的大高个儿——死神。他苍白的脸在灯光映照下更加绚亮，黑黑的眼睛在耀目的光芒中更加深邃。他喃喃自语，指着堂皇的舞池。

“看，”穿凿说，“他找到了那个人。”

约翰顺着死神指着的方向看去，一位正说话的老太太骤然合上双眼，手放在自己头上。一位美丽的年轻姑娘马上停下自己缓慢的舞步，走到这位老太太面前，轻轻颤抖着。

“还要多久？”穿凿问死神。

“这是我的事。”死神回答。

“我想让约翰再看一次，”穿凿使了个眼色，咧嘴笑着，“可以让我来吗？”

“就今晚？”死神问。

“为什么不?”穿凿说,“没有时间了,现在发生的马上会成为过去,而此刻发生的正酝酿着未来。”

“我不能和你走,”死神说,“我有太多事儿要做了。提我俩都知道的名字,没有我,你也能找到路。”

他们走到空无一人的街道,晚风中烟气弥漫,灯火迷离。旁边的运河轻起细浪,泼溅起阵阵水花。柔软的音乐在晚风中淡淡隐去,终于消失在笼罩城市的宁静里。

突然,一阵响亮的节日般的声音从上面传来,那是金属钟的声音,沉浑有力,回声震耳——教堂高塔的钟声敲醒正在沉睡的城市,钟声深深地撞击约翰忧郁悲伤的灵魂,他惊恐地抬起头。时钟永是这般清晰、规整,它消弭了深深的沉寂,让整个城市上空飘扬出欢乐的气氛。

约翰对这欢乐的钟声很生疏,宛如在无尽的睡眠、黑暗的悲哀中,他突然被节日般的音乐惊醒。

“这就是钟声,”穿凿说,“年复一年,它永远都这么欢乐。每一个整点,它都用同样的节奏同样的力度重复地唱着同一首歌,它好像很庆幸自己不用睡觉,一天到晚都这么心满意足地唱着歌。甚至,它在晚上唱得比白天更欢乐,在有人离世的时候唱得比平时更欢乐。然而,就在这座钟的下面,无数人伤痛,悲泣。”

这时喜气洋洋的钟声又响了。

“有一天,约翰,”穿凿继续说着,“在一个安静的房间里,窗户那儿有一盏微弱的光,淡淡地闪烁着,墙上跃动着微光的影子。原本是空寂无声的房间,此刻突然传来低低的压抑的啜泣声。白色窗帘的折叠处有长长的影子，窗帘旁是一张床，上面静静地躺着一个人，一个苍白的安静的人——那就是小约翰。在他死后的一刹那，一阵响亮欢乐的钟声响起来啦，打破了房间的寂静！”

…………

十二点敲响了，隆隆钟声响彻云天，每次敲击之间都隔了很长的停顿。最后一声响过，约翰突然有一种奇特的感觉，仿佛身在梦中；此刻他不再贴着地面走路，而是被穿凿抓着手，悬空沿着一条小路飘飞着前进，身旁的房子和灯光飞速掠过。此时的房子不再紧密相连，而是分排站列，每排之间都是黑暗神秘的间隙，汽灯照亮了沟渠、水坑、脚手架和木制器具。眨眼之间，他们飞抵一扇圆柱高栏的大门，由顶上飘翻而过，落到一个高高的沙堆旁松软的草地上。约翰感到自己似乎来到一个花园，耳边传来树叶轻拂“沙沙沙”的声音。

“你看看，我可以比旋儿做得更炫吧！”

旋儿、旋儿、旋儿……穿凿喊出了一个让约翰全身颤抖的名字，四周的幽暗回响着这个名字，风呼啸着将这个名字荡开扬起，直至高空消散。

这时，约翰感到自己又变小了，草长得很高，高高盖过了自己的头顶，原本在脚下的小卵石，几乎快贴近自己的脸了。一旁的穿凿也没比约翰高多少，他双手捡起一块“大石头”，用尽全身力气扔到一边。随即一阵嘈杂细碎的声音从他刚刚挪开石头的地方传来：

“嘿！谁干的啊？这是想干吗啊？笨蛋！”那边喊起来。

一群黑色的小虫子慌慌张张地走了出来。其中有敏捷的土鳖虫，晃着钳子闪着亮光的棕色蠼螋，无数只小腿的黑身子马陆。一条长长的蚯蚓也爬出来了，可是它刚冒出来就迅速缩回洞里！

穿凿穿过这群愤怒的小虫子，走到蚯蚓洞口：

“哎！你这个长长的光溜溜的小爬虫！爬出来呀，亮出你尖尖的红鼻子！”

“你想干吗？”下面的蚯蚓问道。

“你给我出来，因为我想进去，听到了吗，你这个光溜溜的吃土的虫子！”

蚯蚓小心地在洞口探出尖尖的脑袋，往周围看了两三次，然后慢慢蠕动着环形的身躯爬出了地面。

穿凿环视着四面好奇地围拢过来的小虫子们：

“你们其中一位必须站出来，在前面举个灯。——马陆？不！你太胖了！你那千百条腿晃得我头晕！啊，你来吧，蠼螋！我喜欢你的样子！来和我一起，用你的钳子举个灯。你，甲壳虫，必须找些磷火过来，或拿一根烂木条做的小灯来！”

小虫子们被他强令式的口吻吓住了，顺从了他。

于是，他们走入蚯蚓的地道。蠼螋拿着火把走在最前，然后是穿凿，再后是约翰。这是一条窄小暗黑的通道，路上的沙砾闪着幽幽的蓝光，它们就像半透明的大石头，被蚯蚓用身体打磨成光滑而坚固的墙壁。蚯蚓好奇地跟在他们后面，他先是用尖尖的脑袋探到约翰那儿，然后再把长长的身体拖过来。

他们往前走着，一言不发，越走越深。当约翰觉得道路太陡峭的时候，穿凿就过来帮他一把。这条路似乎永无止境，不断出现新的沙砾走廊，蠼螋不断地向前、拐弯、上上下下。最后，道

路终于宽敞了，两面的墙壁拓宽了。潮湿的黑色沙砾铸成圆拱状，一串串亮晶晶的水珠从上面流了下来，洞里的树根缠绕在一起，像蛇的化石。

突然，在约翰前面出现了一面直直的墙，又黑又高，把后面所有的空间都堵住了。蠼螋转过身说：

“到了。现在的问题是我们怎么过去。蚯蚓应该知道，这是他的家啊。”

“来，给我们带路吧。”穿凿对蚯蚓说。

蚯蚓慢慢地拖着他的身体来到墙根，往前触探着。约翰看出来这是一面木头墙，散落了一些棕色的尘土。蚯蚓探了探，选了一处往前钻，前前后后钻了三次，终于拖着他长长的柔软的身体滑进去了。

“现在轮到你啦。”穿凿说，他推着约翰进入那个小小的洞口。有一瞬间，约翰觉得被这松软的湿土堵住了，几乎窒息，但很快头就探进去了，再突破一下，终于完全钻进去了。

在他面前的是一个大房子，地板坚硬而潮湿。这里的空气沉重而压抑，约翰感到难以呼吸，在这儿似乎只能等待可怕的死亡。

他听到了穿凿的声音，带着空荡荡的回音，就像在一个大地窖里说话似的。

“嘿，约翰，跟着我。”

他感到脚下的路似乎升腾起来，变成了一座山。黑暗中他抓着穿凿的手，爬了上去。

约翰感到自己似乎踩在了柔软的地毯上，他随着穿凿走过沟坎，终于走到一片平坦的地方，顺手抓住像芦苇一样细长的东西。

“我们在这儿能站得舒服些，把灯火拿过来。”穿凿说。

微弱的灯火从远处走来了，忽高忽低地移动着。灯火越走越近，照亮的地方也越来越广，而约翰心中的痛苦也越来越恐怖。

灯光照亮了这块高地，这是一处长长的白白的地方。他刚才抓住的细长的丝线，颜色棕黑，闪着亮光，还带着波浪卷。

突然，约翰分辨出一些人的特征！这是一个人颀长僵直的身体，他站着的冰冷的地方，是人的额头！他前面的两个黑洞，分明是人陷下去的眼睛，幽幽的蓝光照在塌陷的鼻子和灰白的嘴唇上，嘴唇微微张开着，保留着死时恐怖而僵硬的微笑。

穿凿尖声笑起来，可他的声音却被潮湿的木墙闷住了。

“你难道不觉得很惊奇吗，约翰？”

蚯蚓顺着寿衣布条爬上来，沿着下巴往前走，经过僵硬的唇，钻进口中。

“这就是舞会上那个美人，那个你觉得比精灵还要可爱一千倍的美人。舞会上，她笑容甜美，眼睛熠熠闪光，头发缓缓飘扬，裙子优雅地舞动，全身溢着甜香……而现在，你看！”

约翰的眼里充满了惊恐和疑惑，这么快？那么美丽的人，现在……就已经……

“你不相信吗？”穿凿咧嘴笑着，“那个舞会离现在，都已经半个世纪了。时间一去不复返，过去发生过的将永远存在，未来发生的都曾经发生过了。你不能想象这些，但你必须相信这些。这里发生的一切都是真实的，我和你说的一切都是真实的！真实的！——旋儿不会说这些。”

他点点头，在死人脸上跳来跳去，做着鬼脸，摆出古怪的姿势。他坐在眉毛上，抓住睫毛把眼皮抬起来。那双约翰曾见过的神采奕奕、顾盼流转的眼睛，现在在苍白的灯光下如此呆滞惨淡。

“现在继续向前！”穿凿叫着，“还有好多要看的呢！”

蚯蚓从嘴角爬出来了。可怕的长途跋涉又开始了。

不走回头路，但前方是新的征程，也许更远长、更黑暗。

“这个死者更年老些。”蚯蚓穿过另一面黑墙，说道，“他已经在这儿很长时间了。”

现在似乎没那么可怕了，约翰只是看见乱糟糟的一团，露出些褐色的骨头，上百条蚯蚓默默地忙碌着。约翰一行人的灯光，把他们吓了一跳。

“你们从哪儿来的？谁把光带过来的？我们不想要光。”

他们瞬间就隐匿在皱褶和缝隙中，突然，他们发现了一个同类。

“你去过隔壁吗？”蚯蚓们问，“那边木头还很硬呢。”

第一条蚯蚓否认了。“他想自己独吞。”穿凿小声对约翰说。

随后，他们继续向前走；穿凿边走边给约翰讲解，还指出了约翰认识的那些人。

现在，他们又来到一个死者面前，他厚厚的嘴唇，黑黑的脸颊，一双大眼睛直直地瞪着，这是一张丑陋的脸。

“他是一位很好的绅士，”穿凿幸灾乐祸地笑着，“你肯定见过他吧——他富有，时髦，自信。现在他保持了他的尊严！”

继续往前。这是一张清瘦憔悴的脸，在微弱的灯火中，他的白头发闪着幽幽的蓝光。还有一些孩子，脑袋很大，面容苍老，显出焦虑的样子。

“你看，这些是先死去，然后再变老的人。”穿凿说。

他们又来到一个男人身旁，蓬垂的胡子，张开的嘴唇，显出亮白的牙齿。他额头中间有一个黑黑的圆洞。

“他帮了死神一把，为什么那么没耐心呢？他本可以善终。”

他们一条通道接一条通道地走着，似乎没有终点——一个接着一个看过去，都是直挺挺的身体、僵硬的笑容、叠放的双手。

“我不能再往前走了，”蠼螋说，“我不认识后面的路了。”

“那我们往回走吧。”蚯蚓说。

“再往前走，再往前！”穿凿叫起来。于是他们又继续向前了。

“你在这里看到的所有的事，都是真实存在的，”穿凿边走边说，“这一切都是真的。只有一件不是真的，那就是你自己，约翰。你并不在这里，你也不能来这里。”

听到这话，约翰惊恐疑惑起来。穿凿恶毒地笑了。

“这是最后一个，绝对是最后一个。”

“到这儿就没路了。我真的不能再往前走了。”蠼螋恼怒地说。

“我还要往前走。”穿凿说。这里确实没有路了，但穿凿开始用双手掘土了：“约翰，帮我。”

约翰顺从了，他满心苍凉，把湿润的土块刨开。

他们默默地屏息挖土，直至看到黑色的木头。

蚯蚓缩回了头，隐遁了；蠼螋放下火把，转身走了。

“我们不可能进去的，这里的木头是新的。”他们临走时说。

“我可以进去！”穿凿说，用他尖利的手指从木墙上撕下又长又白的小木条。

约翰感到恐惧和痛苦，可是无能为力，也无处可逃。

最后，黑色的挡板被打开了，穿凿拿着火把冲进去了。

“这儿，这儿！”他叫着，跑到这个死者头上。

但约翰走到那双平稳叠放在胸前的双手上时，就突然停住了。他凝视着这双手纤细白皙的手指，就着头上微弱的火光打量着。突然，他认出来了——他认得这手指的形状，认得这长长的指甲，虽然现在已变青不再有光泽。他认得食指上一个棕色的斑点——这是他自己的手啊！

“这儿！”穿凿在头颅上面喊着，“来看一眼，你认识他吗？”

可怜的约翰还想站起来，向着闪光的方向走去，却做不到。那微光渐渐暗淡了，消失在彻底的黑暗中。约翰失神地跌倒了。

十二

约翰陷入深深的睡眠中，那么深，那么深，在那里没有梦。

缓缓地，在清冷暗淡的黎明中，他似乎从黑暗中走出来了。他一幕幕地重温了各种温柔的、斑斓的旧梦。

他醒了，梦从灵魂中滑落，就如同露珠从花瓣掉落般。

他的眼神宁静而温柔，似乎仍在看着梦里美丽怡人的画面。

可是很快，他就闭上双眼，耀眼的阳光是伤人的。刚才的一切似乎都已远离了。可是，几个小时过后，他仍然记得所有的一切，从那个沉闷的黎明到那个可怕夜晚的一切。他无法相信在这一天当中所有可怖的事情都发生了。他的不幸似已远去，消散在灰色的薄雾中。

甜美的梦消失了，在心中淡然无痕。穿凿把他摇醒了，可怕的一天又开始了，无趣的阴郁的一天，这种日子似乎以后还无穷无尽。

可是昨天发生的一切都印在他脑海中了。难道那只是一个可怕的噩梦吗？

他满腹狐疑地问穿凿，穿凿带着嘲弄和惊异的眼光回答他：

“你说什么啊？”

约翰没看出穿凿眼里的挖苦和讽刺，继续追问：昨天这真真切切、清清楚楚发生在眼前的一切，是不是都是真的。

“约翰，你真傻。这些事是绝对不可能发生的啊。”

约翰不知道该怎么想了。

“我们必须让你马上工作，不然你总是问这问那，问各种傻乎乎的问题。”

于是他们去找数字博士，他说过，会帮助约翰寻找想要的东西。

他们穿过拥挤嘈杂的街道，穿凿突然站住了，指着人群中的一个人：

“你还记得他吗？”穿凿问，高声笑了起来。约翰一看，脸变得煞白，惊悚地呆住了。

约翰昨天见过他，在那个深深的地洞里。

数字博士亲切地接待了约翰，并教给他很多东西。约翰每天都听他讲，一听就是几个小时。

博士还没找到约翰想找的东西，但他说，很快就会找到了。他会带着约翰去他所抵达的最远之处，然后他们一起努力，一定会达到他们的目标。

约翰勤奋而耐心，他听着、学习着，日复一日，月复一月。虽然他觉得希望渺茫，却也知道仍要继续向前，要尽可能地学得更多。有时候他会觉得奇怪，学习的过程，就像寻找光亮，他寻找光亮的时间越久，周围的黑暗似乎就越深重——学习任何东西，刚开始学的时候总是最好的，可是越学越深，就会感到越来越枯燥难懂。

约翰和数字博士一起研究植物和动物，研究他身边的每一样东西，可是当他研究了很长一段时间后，似乎所有一切都变成了数字。而且所有解决问题的方法，也都变成了数字——一页一页的数据。数字博士觉得这样很好，他说只要数字来了，一切就会明白了，可约翰却觉得更糊涂了。

穿凿一直在约翰左右，不离半步，当约翰灰心厌倦时，穿凿就督促提醒他。他的出现，总是破坏约翰学习时喜悦赞叹之情。

约翰每每都会为花儿惊叹，花儿的构造如此精巧，花儿变成果实的过程也如此美妙，而昆虫们在无意中促成了这个过程。

“真是好美！”约翰感慨着，“这一切设计得如此美妙而精准。”

“是的，让人惊艳的设计，”穿凿说，“可是遗憾就在于这种精巧设计，到了最后很可能是无用的。你说，有多少花能变成果实，多少种子能长成树？”

“可是，这也是整个巧妙构思的一部分啊。”约翰说，“看，蜜蜂是为了自己酿蜜，没想到也是为花儿服务了。花儿用自己的色彩吸引了蜜蜂，这本身就是一个巧妙的设计。其实他们自己都没多想什么，就一起做成了事儿。”

“那都是看起来很美妙，其实在很多时候都是失败的。蜜蜂有可能会在花儿那儿咬一个洞，把这一整朵花儿都破坏了。是的，造物者确实是聪明的，可是，连一只小小的蜜蜂都会嘲笑他！”

当约翰学习人和动物的身体构造时，事情就更糟了。每当约翰感到美，感到设计巧妙的时候，穿凿就会指出其中的缺陷和低效。他说，生物都很容易被病痛和悲哀折磨，很容易被惊吓，或产生厌烦情绪。

“约翰，造物者是非常聪明的，可是他创造的同时，也忘了很多东西。于是人们也尽力做了相应的措施来弥补这些。看看你周围吧，比如雨伞、眼镜。雨伞是为了遮挡风雨，眼镜是为了达到更好的视力——这都是人们修修补补的例子，这已经背离造物者最初的计划了。可是造物者不会想到人们会感冒，会看书，也不会想到人们会做千百样事情来弥补他计划的不足。这就好比，他给他的孩子衣服穿，却没想到等孩子长大后会穿不上那些衣服。现在人们都自己做自己的事了，基本不会考虑造物者和他先前的计划了。而那些造物者没能给人们的东西，人们就用蛮力去抢；人显然是会死的，可人们还是想各种办法逃避死亡，甚至还能逃避很长时间。”

“这是人本身的错，”约翰说，“人们为什么非要违反自然规律呢？”

“傻约翰！如果一个保姆让无知的孩子玩火并烧起来了，这是谁的错？是不知道火会烧起来的孩子，还是知道火会烧起来的保姆？如果人们违反自然，遇到灾难，那么我们该指责谁？是人，还是那个万能的造物者？其实人类就像无知的孩子一样。”

“可他们不是无知，他们知道这些——”

“约翰，如果你对一个孩子说：不要玩火，火会伤害你的——可孩子还是玩火了，因为他们不知道这个伤害是什么，难道你还想找借口说，孩子们并不无知吗？你难道不知道，其实孩子是不会听你的忠告的？其实人就如同孩子一样任性和蠢笨。玻璃是易碎的，而黏土是松软的。如果造物者造了人，可是又没有把人的愚蠢考虑进来的话，那就像人造了玻璃武器但不管它会碎，或造了黏土箭却不管它会弯一样。”

穿凿的话像融化的蜡滴一样落在约翰心上，他感到无比心痛。这个巨大的痛楚，将他先前为之夜不能寐、心碎不已的悲伤全都驱散了。

哦，沉睡，沉睡……这么多天以来，对于约翰来说，似乎没有比睡觉更好的事了。睡觉时不想事，也就没什么痛苦。他经常在梦里回到过去，梦真美，可日子一天天过去，他实在不确切记得过去发生过什么。他只知道，过去那些烦恼和渴望，也比此刻的空虚和一潭死水的状态好多了。他之前曾那么想念旋儿，也曾静坐几个小时等待荣儿……从前的时光是多么美好啊！

荣儿！约翰还在想念她吗？他学习得越多，这种想念就越淡。这似乎很分裂。穿凿让他明白什么是真正的爱，这让约翰感到很难为情，可数字博士说他还无法用数字来表达这些，约翰感到很多事情变得越来越难以理解了。

他潜意识里有某种感激之情，那天恐怖的地洞之行，没有见到荣儿，真是幸运之至。

当他把这些想法告诉穿凿的时候，穿凿没说什么，却狡猾地笑了；约翰知道这就是不想告诉他。

在约翰学习和工作之余，穿凿带他去看人们的生活，去各种地方。

他们来到医院，那里有很多病人。他们脸色苍白，神情憔悴呆滞，受着病痛的折磨。这里被可怕的死寂笼罩着，只是间或被咳嗽和呻吟声打断。这里的很多病人，将永远无法离开医院了，只能让亲友们来医院看望，而且只限定在某个固定的时间段。

“他们其实都知道，自己会被送到太平间，然后再被装进黑箱子抬出去。”穿凿说。

“可他们怎么能这样心情轻松呢？”约翰想。

穿凿带着约翰来到顶楼的房间，那里光线凄凉昏暗，隔壁传来动人的钢琴声，如梦如幻。床上躺着一个人，眼睛无望地看着一条细细的日光，随着时间流动，这条日光缓缓移动着。

“他在这儿躺了七年了。”穿凿说，“他是一个水手，见过印度的棕榈树，日本的蓝色海洋，巴西的热带丛林……可是现在七年了，他只能躺在这里，整天听着钢琴声、看着日光来打发时间。他再也不能离开这个房间了，但生命也不会延续太久了。”

这天过后，约翰做了个极可怕的噩梦。他梦见自己在那个小房间里，听着孱弱的音乐，在半明半昧的灯光中，只能看着上方移动的日光，不能做其他的事，直到生命最后一刻。

穿凿也带着约翰去大教堂，听听那里的人都在讲些什么。约翰观摩了盛大的节日和仪式，并在那儿认识了很多人。

约翰试着去了解人，可有时候总是免不了回忆过去。他想起旋儿给他讲的那些童话，想起自己曾有的那些失望。他想起了那只萤火虫，把星星当成是自己逝去的朋友；他想起了金龟子，比同伴早一天爬出地面，一直说着自己的使命；他还想起那只蜘蛛大王，蜘蛛种族的大英雄；还有那只大鳗鱼，什么都没做，仅仅因为长得胖，就被奉养为王。而自己呢，也许和那年轻的金龟子有点像吧，不知道自己的使命是什么，只是向着光明飞去。甚至，正如金龟子身上有一根束缚的绳索，约翰觉得自己也是这样，被穿凿的绳索拖拽着向前爬，一瘸一拐，如此绝望无助。

他再也看不到那个美丽的花园了！什么时候他会和金龟子那样，被一只大脚踩死？

这些日子，只要约翰一提到旋儿，穿凿就会笑他。渐渐地，他也开始想，旋儿是否根本就不存在。

“可是，穿凿，如果旋儿不存在，那个小钥匙也就不存在——没有什么是真实存在的。”

“是的，没有什么是真实存在的，只有人和数字——才是真正存在的。无穷无尽的数字！”

“你在骗我！穿凿。让我走吧，别再让我找了，让我一个人走吧。”

“你忘了死神和你说的话了？你要成为一个人，一个完完整整的人。”

“我不要成为人！那太可怕了！”

“你必须成为人。你也曾经这样想过啊。看数字博士，你觉得他可怕吗？就成为他那样的人就好——”

是的，数字博士一直都这样快乐和满足，永远都这样不知疲倦、泰然自若。他有自己的追求，他钻研、教书，他于此很胜任，对此也很满足。

“看看数字博士，”穿凿继续说，“他看见了所有的事情，可是又似乎什么都没看见。他以一个局外人的身份来看待人类，似乎和人类的不幸无关；他一直工作在痛苦和疲惫的人们中间，似乎自己不会受伤；他整天和死神面对面，似乎自己不会死。他所有的目标就是去理解他所看到的。在他眼里，一切都是好的，最后都是可以化为知识的。只要他能明白这些事，他就很满足。你要成为这样的人。”

“可是我永远成不了这样的人啊。”

“那样的话，我也帮不了你了。”

这是他们讨论到最后，最绝望的结论了。约翰变得越来越迟钝，越来越漠不关心。他不断地找寻，却不再想他要寻找的是什么，而寻找又是为了什么。渐渐地，他变得和将知以前说过的那许多人一样麻木。

这已经是冬天了，可是约翰似乎根本就没注意到。

一个清冷多雾的早晨，雪花从树梢和屋顶坠落，路上堆积着滑湿泥泞的积雪，约翰叫上穿凿，开始他每日的步行。

在一个公园里，他们遇到一群女孩儿，一排排的，背着书包。她们欢呼雀跃，玩着扔雪球。她们清脆的笑声为这一片雪白点缀了光彩。这里听不到任何脚步和车轮的声音，只有铃铛声，像是马身上的，或是商店在拉开门闩。女孩儿们的欢笑在这片宁静里显得异常响亮。

约翰注意到其中有个女孩在看他，她还回过头盯着他看。她身穿彩色披风，戴着一顶黑黑的帽子。约翰似乎早就熟悉她的脸，可又实在想不起来她是谁。女孩再次向约翰点头致意。

“她是谁？我认识她。”

“是的，很有可能。她叫玛利亚，有人叫她荣儿。”

“不，不会是她。她不像旋儿，她和其他女孩儿没什么两样。”

“哈哈哈，她不会像其他人，她就是她自己啊。你已经想见她很久了，现在我带你去见她吧。”

“不！我不想见她。我宁愿看她像其他人一样去死。”

约翰不再往四周看了，而是快步跑起来，他喃喃自语：

“这是最后一个！以后不再有了，不再有了！”

十三

这是一个初春的早晨，清朗温暖的阳光照耀着大都市。阳光洒到约翰住的房间，洒在低低的天花板上。运河潺潺流水的光影投射到天窗，舞蹈着，闪烁着。

约翰沐浴在暖煦的日光中，他坐靠在窗前，看着这座城市。城市已焕然一新，灰雾化为炫彩的蓝雾，面纱般笼罩着长街尽头和远方的灯塔。石板瓦屋顶闪耀如银。所有房屋都在阳光下轮廓清楚而色彩鲜亮。这是浅蓝天空下温暖的渲染，水也仿佛有了生气，榆树的褐芽慢慢舒展开了，小麻雀叽叽喳喳在树枝间飞来飞去。

看着这些，约翰突然产生一种奇怪的感觉。他感到身体充满了阳光，涌起一股模模糊糊的甜蜜，迷醉得忘了自己。他似乎沉在梦中了，看着舞动的波光、展开的叶芽，听着叽叽喳喳的鸟鸣，一切在生命的律动中显得如此喜悦。

他已经太久没有这样发自内心地温柔过，太久没有这样幸福过了。

约翰很明白，这是从前的那种阳光，他熟悉的阳光。许久以前，这种阳光会召唤他到花园里去，在那儿的矮墙阴下，他就那样平躺在温暖的草地上。在花园里，他一待就是好几个小时，享受阳光和温暖。那时候，他会凝视着前方的青草绿地，呆呆地看着，感动到流泪。

在那样的阳光中他是如此幸福，阳光给了他家一般的感觉，就像记忆中被妈妈抱在怀里的感觉。他想到这段时间中自己经历的一切，但没有悲伤，也没有渴求。他静静地坐着，玄思冥想，只求阳光能一直这样照耀下去。

“你在这儿闲待着干吗呢？想什么呢？”穿凿叫起来，“你知道我不喜欢你做梦。”

约翰抬头看去，满眼茫然和哀求：

“让我在这儿再待一会儿，”他说，“太阳这么好。”

“你在太阳中能找到什么呢？”穿凿说，“它什么也不是，只是一支大蜡烛。其实，太阳光或蜡烛光，到了最后都是一样的。看看街上的亮处和暗处，那不过是光的作用，那是持续燃烧发出的光。太阳也只是宇宙中的一粒尘埃，它的光也仅仅是宇宙中小小的微光而已。在我们蓝色星球的上方和下方，一切一切都是无穷无尽的夜晚，只有黑暗和冷寂——”

可他的话似乎对约翰没什么作用。宁静温暖的阳光已通透了他，沐浴着他的灵魂——他心中如此平和而光明。

穿凿又把约翰带到数字博士冰冷的屋子里了。起初，刚才灿烂的影像还时不时浮现在他脑海中，然后就渐渐地暗淡了，远去了。中午时分，一切又复归黑暗无光了。

夜幕降临，他再一次走在城市的路上，空气闷热，空中飘散着往昔那种蒸腾的香气，香气似乎比先前浓重了十倍，把他逼迫到狭窄的街道。

穿过空旷的广场，约翰突然闻到草叶的芬芳，仿佛从村庄那里飘来。抬眼，约翰又感到了春意——春天在西边天际宁静柔软的玫瑰花云中。

薄暮的城市被淡淡的雾笼罩着，色彩雅致。街道一直是安静的，只有远方传来的刺耳风琴声，演奏着忧伤的相思曲。房屋在深红的天幕中衬出自己黑黑的影子，它们张扬的尖塔和烟囱，宛如无数展开的手臂。

在约翰眼里，这是太阳用他最后一束光洒向这个城市，是太阳正对着他善意地微笑，就像原谅了他做的傻事。这种温暖，爱抚着约翰的面颊。

他的心中涌起了深深的温柔，这让他无法再向前走出半步，只是扬起他的脸，远望着广阔的天空，深深叹息。春天在呼唤他，他听到了，他渴望回答，渴望向前。他的心中满是悔恨、爱恋和原谅。

他抬眼凝望，汹涌的泪水从他悲伤的眼中流出。

“喂，约翰，不要这么奇怪！人们都看着你呢！”穿凿叫起来。

一排排房子呆板单调地延展在道路两旁，如此阴暗而令人生厌，似乎和这怡人的气氛作对，在春天的呼唤中也显得极不协调。

人们坐在门前的台阶上，享受着春天的温暖。可约翰觉得这很可笑。肮脏的门敞开着，房间里面是如此沉闷古板，它们在等待人们进来。风琴仍在远方唱着它忧伤的相思曲。

“哦，如果我能飞过去，飞过去就好了！去沙丘那儿，去大海那儿！”

但他不得不又回到小屋子那儿。那天晚上他失眠了。

他总是忍不住想起爸爸，想起爸爸带他远足的那些日子。那时候，他远远地跟在爸爸后面，爸爸在沙滩上写字，念给约翰听。那片开满了紫罗兰的灌木丛多美啊！当时他们还花了好些天去寻找……整个晚上，约翰看到的都是爸爸的脸，就像以前他每天晚上和爸爸在一起时那样真切——他安静地坐在灯旁看着爸爸写字，只听见钢笔的沙沙声……

现在，约翰每天早上都会问穿凿一次，什么时候可以回家看爸爸，看花园和沙丘。比起普勒斯特和自己的小房间，约翰更爱爸爸，爸爸是他唯一惦记的人了。

"告诉我他现在怎么样了，我离家这么久，他是不是很生气？"

穿凿耸耸肩膀："就算我告诉你，对你又有什么好处呢？"

可是春天仍然在呼唤他，越来越响亮地呼唤他。一夜又一夜地，约翰总是在梦见那片广阔的丘陵地，梦见那片深绿的苔藓地，还有那片洒在可爱新绿上的阳光。

"我不能再忍受下去了，"约翰想，"我不能待在这儿了。"

这一夜，他不能继续安睡，轻轻走下床，到窗旁看着外面的夜。蒙茸的小云悠然飘过满月，静静地漂浮在淡淡的光海里。他想着远处在这春夜里安睡的丘陵，矮树林那儿多美啊！那里飘散着潮湿苔藓和桦树叶子的味道，树叶静而无声。仿佛，自己又听到了青蛙的合唱，声音越来越高，宛如远方飘来的神秘的声音。这里伴随着一丝鸟鸣，鸟儿温婉忧伤地唱着，又突然止住，让此刻的寂静更非比寻常。这些声音在呼唤着约翰，所有一切都在呼唤着约翰。他在窗沿垂下头，轻轻啜泣着，用袖子擦去眼中的泪珠。

“我不能、不能再忍受了！如果我不走，我会死的！”

第二天穿凿来找他的时候，竟然发现他还坐在窗前——他在那儿睡着了，头枕着手臂。

日子一天天过去，越来越长，越来越暖，可仍然没什么变化。约翰并没有死，他还在忍受折磨。

一天早晨，数字博士和他说——

“约翰，和我一起出去一下，我要去看一个病人。”

数字博士是一个出了名的有学问的人，很多人都请他帮忙对抗疾病和死亡。约翰乐意接受这样的差事，时不时会与他同行。

那天早上，穿凿不同寻常地兴奋。一会儿倒立，一会儿跳舞、翻筋斗，各种搞怪。他脸上又露出他常有的神秘笑容，好像有什么东西藏着等着给人惊喜似的。约翰最烦这种了。

数字博士呢？他像以前一样严肃。

那天早上，他们要走很长很长一段路，先坐火车，然后步行。这段路，比约翰在城市外走过的那段路还要长。

这一天晴朗而炎热。约翰眺望火车窗外，广阔的绿地飞驰而过，柔软修长的草叶随风飘扬，奶牛们在牧场上埋头吃草。阳光洒在花地上，白蝴蝶飞舞，热风吹拂着。

突然，他看到远处有一闪一闪的光——在前方绵延起伏的沙丘那儿。

“现在，约翰，”穿凿咧嘴笑着，“你的愿望就要实现了，你看。”

约翰半信半疑地，凝望着沙丘。沙丘越来越近，火车两旁的轨道好似环绕着远方的一个中心在旋转，房屋飞驰而过，沿着铁路跑开了。

渐渐一些树木映入眼帘：蓊蓊郁郁的七叶树，上面缀满无数粉色和白色的花朵；还有苍翠的松树、高大的酸橙树……

是的，很快，他就要再次看到他日思夜想的沙丘了。

火车停了，三人跳下车，慢慢走到绿荫下。

这里遍布厚厚的青苔，阳光由林梢投下斑驳的光影，空气中散发着桦树芽和松针的清香。

“这是真的——真的吗？”约翰想，“幸福真的降临了？”

他目光闪烁，心跳加速，渐渐他相信这幸福是真的。他熟悉这些树，这些土地，他以前经常在这条林间小路散步啊。

除了他们，没有其他人了。可是约翰忍不住环视四周，好像

有人跟着他。他似乎看到橡树的树枝间有黑影藏在其中，正当他们走到小路最后一个转弯时。

穿凿看着约翰，神秘地笑了。数字博士大步流星向前，双眼看着脚下的路。

多走一步，多一份熟悉，他认识这里的每一块石头、每一片灌木丛——突然，约翰醒悟过来：他正站在自己家门口！

门前的七叶树枝叶繁茂，头上白花炫美至极，厚厚团团的树冠宛如一座小塔。

他听到了自己熟悉无比的开门声，又闻到了自己家里独有的味道。一点点地，他认出了走廊、门、所有的一切——约翰突然感到失去家园的剧痛，这是他过去生活的全部——那是一个孤独的童年的梦，这个梦他绝不允许其他人进来，他和这所有的一切在一起，和它们过着自己想象的生活。可他现在感到自己似乎死了，和过去的那幢有房间、走廊、门窗的老房子分开了，他知道这是无可挽回的分离。他心伤欲碎，似乎走在一片墓地中。如果普勒斯特这个时候突然蹿出来奔向他，他的心情还没那么惨淡，可是现在，普勒斯特……不用怀疑，一定是走了，或死了。

可是爸爸呢？

他回过头去，望着阳光下的花园，似乎有一个男人向屋里走来，就是那个尾随着他们的黑影！他越走越近，身形越来越高大。当他走到门口，一个高大的冰冷的影子就塞满了整个入口，约翰认出了他……

屋内是百分百的寂静，他们默默无语地上楼。踏步在楼梯上，木梯发出嘎吱嘎吱的声音。这在以前就这样，约翰知道。可是现在，刚踏出前三步，似乎听到因病痛而呻吟的声音，第四步，似乎又听到啜泣的声音。

走到楼顶，又听到了呻吟声，这声音低沉而有规律，就像缓缓走动的钟表。这声音真让人撕心裂肺。

轻轻地，他推开了自己小房间的门。约翰怯怯地往里看，窗帘上的大花奇怪地盯着自己，大钟已经不走了。

他们循着呻吟的声音继续往前走，那是爸爸的卧室。明亮的太阳光照在闭合的绿色床帏上。西蒙，那只猫，坐在窗台上晒着太阳。房间里有股沉闷的葡萄酒混合樟脑的气味，低沉的呻吟声近在耳边。

约翰听到悄声细语和小心轻柔的脚步声。这时，绿色床帏慢慢拉开了。

他看到了爸爸的脸！是的，就是这十多天来一直浮现在他脑海中的这张脸。可是现在很不一样了，原来那张和善的、认真的脸，如今已饱受折磨，面如死灰，阴沉暗淡。他的牙齿从微微张开的口中露出来，半闭着的眼中翻出眼白。他的头深陷在枕头里，每一次呼吸都要微微抬起头，就这样挣扎着努力抬起，再疲倦地靠下。

约翰不敢声张，他站在床边，失神望着这个他再熟悉不过的人——病人软弱无力地躺在白色亚麻布床单上。约翰心下茫然，不敢动一个指头，不敢握住病人苍老的手。

无尽的黑暗环绕着约翰，太阳、明亮的房间，窗外的绿植、清新空气……一切都是黑暗的，如此黑暗，沉重，无法喘息。他什么都看不见，也无法想别的，只能看到那张苍白的脸，只能想到那可怜的疲倦的头部，那一遍遍抬起来的极度痛苦。

可这规律的动作突然有了变化。病人停止呻吟，微微张开眼睛，向四周寻找着，他嘴唇动了动，似乎要说什么。

“早上好，爸爸。”约翰小声说，目光接住爸爸那双寻找的眼睛，害怕得有点颤抖。爸爸的目光虚弱地看着约翰，瘦削的双颊泛起淡淡的微笑，他紧握的手从床单上抬起来，衰弱地伸向约翰，又无力地垂下了。

“好了，好了，”穿凿说，“不要再看了。”

“你先离开一会儿，约翰，”数字博士说，“我们看看还能做些什么。”

博士开始给病人做检查了，约翰离开床沿站在窗边，看着窗外阳光下的绿草地。蓝蝇坐在宽阔的栗子树叶上，在阳光下熠熠闪光。规律的呻吟声又传来了。

一只黑鸟在布满碎石的草地上跳跃，大大的红黑相间的蝴蝶在花间飞舞，从树的顶端，一只林鸽轻柔的咕咕声，落到约翰耳边。

屋里的呻吟有规律地传来，没有止息。约翰无法抵抗这个声音，它这么有规律地发出来，如水滴般一声声坠落，几乎要把人逼疯。他在每一声呻吟的空歇处渴望地等待，希望声音可以停止，可徒劳地，呻吟还是继续传来，如同死神降临的脚步声，让人恐惧。

外面是暖煦而热烈的阳光，所有的一切看起来都如此舒适和喜悦。草叶欢快地摇摆着，树叶微笑着低声细语。树林上空，一只苍鹭在遥远的蓝天展翅飞翔。

约翰不明白——这一切对他来说都很神秘，他的心里全是迷惑，满是黑暗——“为什么这一切能同时发生在我身上呢？”他想。

“我真的是我自己吗？那是我爸爸，我的亲爸爸吗？是我的，还是约翰的?”这像是一个陌生人在说话。

这似乎是他听到的一个故事。这个故事讲到约翰，讲到约翰和爸爸住着的房子，有一天约翰离开了家，而现在爸爸就快死了。但这并不是他自己的故事，他只是听说了这个故事。是的，这很悲伤，非常悲伤。可是，这一切与他无关。

不，不，故事里讲的就是他自己，约翰。

“我搞不懂这个，”数字博士说，站起身来，“这是个非常奇怪的病。”

穿凿向约翰走来。

“过来看看吧，约翰，这是一个很有意思的病例。数字博士对它一无所知。”

“让我一个人待着，”约翰说，并没有回头，“我不能思考了。”

可穿凿走过来紧靠约翰，在他耳边尖声说话，正如他惯常的:

“你不能思考?你觉得你不能思考了?不，你必须思考。就你这样看着这绿地和蓝天是没用的。旋儿也不会来找你，病人的情况也会更加严重。你和我们一样清楚吧。可是病人的病到底是什么，你想过吗?”

“我不知道!我也不想知道!”

约翰没再说了，只是听着呻吟声，呻吟声似乎带着轻轻的抱怨和责备。数字博士正在笔记本里记录着什么。床头上坐着那个尾随而来的黑影子，他低下头，瘦长的手伸向病人，空洞的眼神直直地盯着时钟。

约翰耳边尖利的声音又开始说话了:

“你为什么那么不开心，约翰?你已经实现你的愿望了。沙丘、青草、阳光、跳舞的蝴蝶、歌唱的鸟儿。你还想要什么？你还在等旋儿？如果他确实是存在的，他就应该来这儿。他为什么不来找你？他一定是害怕了，没错，我们这位床边的黑影朋友正等着呢，旋儿一定是害怕他。

“你没看到吗，约翰？这一切都是幻想！

“听这呻吟声，现在比先前更微弱了，都能听出来，过一会儿呻吟声就会完全停止了。可那又怎么样？以前，当你在野玫瑰丛中玩耍的时候，其实也有很多人在病痛呻吟。你为什么在这儿悲伤，而不是像以前那样去沙丘那儿了？看！外面花鸟芬芳，似乎什么都没发生过。为什么不想想生活中的乐趣呢？

“起初，你在抱怨，很渴望来这里。现在我已经把你带到这儿了，可你还是不满足。明白了，我让你走，去那高高的草丛里，去那儿凉荫下躺一躺，让昆虫在你身边飞舞，呼吸花草的芬芳。你自由啦！去吧，再去找旋儿吧！

“你不去？现在你该只信我一个人了吧？你看我告诉你的都成真了吧？是我错了，还是旋儿错了？

“听那呻吟！越来越短促越来越微弱了！很快就会停止了。

“不要悲伤，约翰，越早停越好。现在不会再有远足了，不会再一起寻找紫罗兰花了。这两年你不在家的时候，他是和谁一起散步的？你现在也无法再问，也无法再知道。如果你认识我再早一点点，你就不会看到这么惨淡的场景了。现在，要成为你必须成为的那种人，你还差得远呢！如果数字博士处于你的位置，你觉得他会像你这样吗？是，他会悲伤，但也就像小猫在太阳光中难过眨眼一样就一会儿，而那才好得很呢。沉浸于悲伤有什么用？花儿会悲伤吗？花儿们不会为一枝花被扯掉而悲伤，它们一无所知，所以心满意足，那样不是让自己更快乐吗？你已经开始知道一些事情了，但现在你必须学会如何快乐。我一个人就能教你。教给你所有的一切，不然，你将一无所知。

“听着。你爸爸的情况是特殊的吗？不是特殊的。是人，都会死。你听到喘息声了吗？更微弱了，很快就到尽头了。”

约翰惊恐地向床上看去，西蒙从窗台上跳下来，伸了伸四肢，然后呜呜呜地跑到床边，躺在垂死的人身边。

那可怜的无力的头不再挪动了，静静地躺着，沉在枕头里。可是短促单调的喘息声仍然从他半开的口中发出，越来越微弱，越来越微弱，直至没有声音。

死神的目光，从时钟上转移到死者头上，并抬起他的手。一切都寂静了。灰色的影子降临到死者僵直的身上。

死寂的，压抑的，无法打破的沉默。

约翰坐着，坐着，等待着。

可是他没能再听到呻吟声，一切都安静下来了。

这无限的、沉闷的安静。

最紧张等待、屏息静听的时刻过去了，约翰感到自己的灵魂似乎掉进了黑暗的无底的深渊，越坠越深，越坠越深。他感到周围越来越黑暗，越来越死寂。

这时，他又听到穿凿的声音，似乎从远方传来：

“那儿，那个故事讲完了。”

“好的，”数字博士说，“现在你看看他有什么问题，交给你了，我先走了。”

半梦半醒间，约翰似乎看到一把匕首的冷光。

猫站起身，又重新回到阳光下，在尸体旁待着太冷了。

穿凿拿着匕首，仔细地审视了一番，然后又走向床边。

约翰迅速从颓唐的状态中抽离，抖擞起来，没等穿凿来到床边，他挡住了他。

“你要干什么?”约翰问，警觉而恐惧地睁大眼睛。

“我们得知道他是得什么病死的。”穿凿说。

“不!”约翰说，他的声音低沉，像一个真正的男子汉。

“你什么意思?”穿凿问，眼神狂暴，“你能挡住我吗?你知道我有多强大吗?”

“我不会让你这么做的!”约翰说。他深吸一口气，咬紧牙关，直直盯着穿凿，伸手挡住他。

可是穿凿越来越近了。约翰紧紧抓住穿凿的手腕，和他搏斗。

约翰明白，穿凿确实很强壮，没有人能阻挡他。可是他绝不离开，这种信念坚定不变。

匕首在眼前闪耀着，仿佛一团红色的火焰，约翰毫不退缩，继续搏斗着。

他知道，如果自己屈服会发生什么。他知道，医学解剖之前就看过。可是他身后躺着的是他爸爸，他绝不能让那种事发生在死去的爸爸身上。

当约翰气喘吁吁和穿凿搏斗的时候，那个死去的身体静静地躺着，就像在寂静中睡着了似的；他细狭的眼缝透出眼白，嘴角微曲露出可怖的笑容。只有当两人扭斗着撞到床的时候，死者的头才轻轻地晃动一下。

约翰还在坚持着，他喘不过气来，突然什么都看不见了，一层血红的薄雾蒙住了他的眼睛。但他仍然坚守在床边。

渐渐地，约翰感到和他对抗的手腕渐渐软弱了，他的肌肉松弛了，双手无力地落在身体两侧，他紧紧攥着的手里，是空的！

约翰再抬眼望去，穿凿已经消失了。死神独自坐在床边，对他点点头。

“干得好，约翰。”他说。

“他会再回来吗？”约翰轻声问。

死神摇了摇头：“不会再回来了。那些反抗过他的人，将再也见不到他。”

“那旋儿呢？我可以再见到他吗？”

死神深邃的眼睛久久地盯着约翰，他的眼神不再恐怖，而是变得温和而庄重。这如同一个深渊，深深地吸引着约翰。

“我可以单独带你去找旋儿，也可以带你去找到那本书。”

“那带我去吧，现在没有别人了。带我走吧，就像你带其他人走那样。我别无他求了。”可死神还是摇了摇头。

“你爱人类，约翰。你自己不知道，其实你一直爱着人类。你必须长大，成长为一个好人。做一个好人是一件非常了不起的事。”

“我不想那样——带我走吧。”

“你错了，你想那样，你没办法不想那样的。”

高大的黑色身影在约翰眼前暗淡了，渐渐融化，越来越模糊，直到变成无形的灰雾，充满着这个房间，然后在阳光下又全部飘走了。

约翰埋头在床边，悲悼着死去的爸爸。

十四

许久许久，约翰才抬起头来。阳光斜照着房间，条条光束通红灼热，宛如金色的栅栏。

“爸爸！爸爸！”约翰呢喃着。

窗外，太阳渲染了整片天空，金灿灿的火烧云飘浮着。在庄严而神圣的阳光下，每一片叶子都静肃着，一切的一切都静立着。

和光一同飘来的，是低低的赞美诗的诵叹，似乎在唱着；

“太阳之子——太阳之子！”

约翰仰首倾听，耳边再次回响着：

“太阳之子——太阳之子！”

这像旋儿的声音，因为除了旋儿没有其他人曾这样呼唤他。难道这是旋儿在呼唤？

可当他看到前面的那张脸，他又不想再听了。

“可怜的爸爸，亲爱的爸爸！”约翰轻声说着。

突然，那呼唤仿佛越来越近了，四面八方包围着他，如此响亮，如此急切，让他兴奋得战栗起来——

“太阳之子——太阳之子！”

约翰抬头望去，多么耀眼的光！多么华美的光！阳光溢出树梢，渲染了草地，甚至在阴影中斑驳舞动着。蓝天之上，迎接黄昏的第一团柔嫩的云汇聚着，一派金光滟滟。

越过草地，透过绿树和灌木丛，他望见了沙丘。怀抱着镶嵌了蓝天的小山谷，这阳光下的沙丘，仿佛戴上了金色的皇冠，穿上了精致的睡袍。它们舒展的美丽曲线，如同正在祷告的人那般安宁。约翰又一次领受到旋儿教他祷告时那种感动。

那难道不是他吗？修长的身体，蓝色的外衣，在那阳光的中心，在那金光蓝光汇聚之处——那不正是召唤他的旋儿吗？

约翰狂喜地冲出屋外，冲进阳光里。静静地，他在阳光下站了一会儿。他感到光的神圣，不敢走动，那里的每一片叶子都静穆着。

光里的人，就在那儿，就在他的眼前。这是旋儿！千真万确！他闪耀的脸看着约翰，嘴唇微张，似乎在呼唤着约翰。他挥动右手召唤着约翰，左手高高举着一个东西，那个东西在他纤长的手指尖端闪闪发光，微微颤抖着。

约翰激动，狂喜，哭了出来，向着他挚爱的身影奔去。可那身影又在眼前飘走了，脸上带着微笑，时不时地挥挥手。随后又落到地上，慢慢后退着，然后又开始轻盈敏捷地飞起来，越飞越高，比风吹起的蓟花的冠毛还要高。

约翰此刻也想欣欣然飞起，一如昔日，宛如梦里。可是土地似乎抓住了他的脚，他的踩踏在草地上显得太沉重。他不得不艰难地穿过灌木丛，叶子揪扯刮擦着衣服，柔软的树枝打在他脸上。他气喘吁吁地爬上布满苔藓的小山丘，不知疲倦地向前奔跑着，眼睛从未离开闪光的旋儿，也一直看着旋儿高举的闪光的东西。

约翰现在是跑到沙丘的最中央了。温暖的山谷里开着野玫瑰，千百朵淡黄色的花杯正望着太阳，还有淡蓝色、黄色、紫色……各种颜色的花儿。小山谷里蒸腾的热气温暖着花草，浓郁的芳香在空气中飘散。约翰一边呼吸着芬芳，一边吃力地往上爬。他也闻到了百里香和驯鹿苔的气息，它们在他脚下沙沙作响。这一切真让人无比陶醉。

在奔向旋儿的路上，有许多绚丽的蝴蝶在飞舞，它们是黑红相间的小蝴蝶；还有被称作“沙之眼”的蝴蝶，它们颤动的翅膀泛起极柔和的蓝色光泽。约翰头顶上方，是嗡嗡飞着的金色甲壳虫，它们从野玫瑰那儿飞来；还有嗡嗡飞着的笨拙大黄蜂，它们是从枯草上飞来的。

这一切多么怡人，多么幸福，他又和旋儿在一起了！

可是旋儿似乎飞走了，越飞越远，约翰气喘吁吁地跟着。散乱杂生的白叶荆棘挡住他，叶刺扯破他的衣裳。他拨开高高的灰羊毛似的毛蕊花，爬上沙丘的斜坡，呀，不小心擦到多刺的金雀花，他的手划破了。

再穿过低矮的桦树林，林中的蒿草竟没过膝盖，水鸟自林间波光闪闪的池塘腾起。再走过去，是一片沼泽地，这里花香袭人，山楂树花、桦树花、薄荷花的芳香都飘在一起了。

突然，这里所有的树、树荫、花儿都消失了，只有奇怪的灰刺芹，生长在已焦枯的白色金雀花之中。

眺望远方，旋儿的影像，在最远处沙丘的坡顶上，他举着的东西发出令人目眩的光芒。

这时，天际吹来一阵凉风，它如此神秘，魅力非凡。风挟着海浪的呼啸，永不停息地涌来——这是大海的风。约翰感到自己接近大海了，他慢慢爬上最后一个斜坡，终于爬上山顶——是真的，大海，约翰跪下了。

约翰此刻是在沙丘的最顶峰了，他置身于红光之中，傍晚的云片环绕着即将远去的太阳，犹如一圈巨大的岩石，边缘闪亮。远方海面，有一片跃动紫色的宽广光带，那是一条“光芒之路”，通向远方的天国之门。太阳下面，在眼睛无法直视的光洞中心，淡淡的蓝色和玫瑰色光晕交织在一起。广阔的天空遍布深红色光焰和条纹，光焰如血，条纹如浪。

约翰一直等着、凝望着，直到太阳的圆盘触到光路的边缘，指引他向前。

俯瞰下方，光路的起始处，他看到了自己跟随着的光影。一只小船，如水晶般清澈而明亮，在这条炙热的光波上方漂浮着。船末，站立着颀长的旋儿，他手里握着金闪闪的物件；而在船的另一边，那个黑影，是死神！

“旋儿！旋儿！”他叫起来。可当他靠近那艘奇异的船，他也看到了光路的尽头。在光亮中间，大片火烧云环绕的中间，他看到了一个小小的黑色的人。这个人影越变越大，他慢慢地走了过来，步伐沉稳，足下浪花四溅，波光耀眼。

光波升腾，淹没了他的双足，可是他坚定向前。

他脸色白净，眼睛深邃，正如旋儿的眼睛，可是他的视野无限广阔，眼神温柔慈爱，约翰从未见过这样的眼神。

“你是谁？”约翰问，“你是一个人吗？”

“不仅仅是一个人。”对方回答。

“你是耶稣？你是上帝？”约翰问。

“不要提这些名字！”那个身影回答，“最初，它们神圣纯洁如教士外衣，珍贵滋养如谷物食粮；但后来却沦落为肮脏的外壳，仿佛呆傻的装饰。不要再说这些词，它们太具欺骗性，它们的神圣性实在可笑。那些真愿认识我的人，都是舍弃这些空洞的名词，而遵循他们的内心。”

“我认识你，我认识你！”约翰哭着。

“是我，在你还不懂得泪水的含义的时候，让你为人流泪；是我，在你还不懂得爱是什么的时候，让你去爱人。我与你同

在，可是你没能看见我；我感动了你的心，可是你并不了解我。”

“为什么在这之前我从未见过你？”

“你的眼睛，需要用很多泪水洗澈，才能看到我。你也不能仅仅为你自己哭泣，也要为我哭泣，这样我才能出现在你面前，你才能真正认得我，真正和我成为朋友。”

“我认识你！我认得你了！我要永远和你在一起！”

约翰伸出他的手，可对方指了指那只闪光的小船，小船正沿光芒之路缓缓飘向远方。

“看，这条路通向你渴求的一切，没有其他路了。但如果没有旋儿和死神，你将永远找不到路。”他说。“现在你来选择

吧：一条是通向‘伟大之光’的路，那里你将成为你一直渴望了解的自己；第二条路，”他指着渐渐暗下来的东方，“那里是人类，还有他们的不幸和痛苦，那是我的路。我会在那儿为你指路，而不是你曾追逐过的虚假的光。你明白我的意思了吧，请你做出选择。”

约翰的目光从旋儿渐渐消失的身影上移开，向这个严正的人伸出双手。于是，由他指引着，约翰转过身来，迎着寒冷的夜风，踏上他的辛劳之路，那通向人类的、苦痛的、深沉的大城市。

也许有一天我还会和你说小约翰的故事，但那时候，就不再是一个童话了。

附录

《小约翰》引言

在我那《马上支日记》里，有这样的一段——

> 到中央公园，径向约定的一个僻静处所，寿山已先到，略一休息，便开手对译《小约翰》。这是一本好书，然而得来却是偶然的事。大约二十年前罢，我在日本东京的旧书店头买到几十本旧的德文文学杂志，内中有着这书的绍介和作者的评传，因为那时刚译成德文。觉得有趣，便托丸善书店去买来了；想译，没有这力。后来也常常想到，但是总被别的事情岔开。直到去年，才决计在暑假中将它译好，并且登出广告去，而不料那一暑假过得比别的时候还艰难。今年又记得起来，翻检一过，疑难之处很不少，还是没有这力。问寿山可肯同译，他答应了，于是就开手，并且约定，必须在这暑假期中译完。

这是去年，即一九二六年七月六日的事。那么，二十年前自然是一九〇六年。所谓文学杂志，绍介着《小约翰》的，是一八九九年八月一日出版的《文学的反响》（*Das litterarische Echo*），现在是大概早成了旧派文学的机关了，但那一本却还是第一卷的第二十一期。原作的发表在一八八七年，作者只二十八岁；后十三年，德文译本才印出，译成还在其前，而翻作中文是在发表的四十整年之后，他已经六十八岁了。

日记上的话写得很简单，但包含的琐事却多。留学时候，除了听讲教科书，及抄写和教科书同种的讲义之外，也自有些乐趣，在我，其一是看看神田区一带的旧书坊。日本大地震后，想必很是两样了罢，那时是这一带书店颇不少，每当夏晚，常常猬集着一群破衣旧帽的学生。店的左右两壁和中央的大床上都是书，里面深处大抵跪坐着一个精明的掌柜，双目炯炯，从我看去很像一个静踞网上的大蜘蛛，在等候自投罗网者的有限的学费。但我总不免也如别人一样，不觉逡巡而入，去看一通，到底是买几本，弄得很觉得怀里有些空虚。但那破旧的半月刊《文学的反响》，却也从这样的处所得到的。

我还记得那时买它的目标是很可笑的，不过想看看他们每半月所出版的书名和各国文坛的消息，总算过屠门而大嚼，比不过屠门而空咽者好一些，至于进而购读群书的野心，却连梦中也未尝有。但偶然看见其中所载《小约翰》译本的标本，即本书的第五章，却使我非常神往了。几天以后，便跑到南江堂去买，没有这书，又跑到丸善书店，也没有，只好就托他向德国去定购。大约三个月之后，这书居然在我手里了，是弗垒斯（Anna Fles）女士的译笔，卷头有赉赫博士（Dr. Paul Raché）的序文，《内外国文学丛书》（*Bibliothek die Gesamt-Litteratur des In-und-Auslandes*，Verlag von Otto Hendel，Halle a. d. S.）之一，价只七十五芬涅，即我们的四角，而且还是布面的！

这诚如序文所说，是一篇“象征写实底童话诗”。无韵的诗，成人的童话。因为作者的博识和敏感，或者竟已超过了一般成人的童话了。其中如金虫的生平，菌类的言行，火萤的理想，蚂蚁的平和论，都是实际和幻想的混合。我有些怕，倘不甚留心于生物界现象的，会因此减少若干兴趣。但我预觉也有人爱，只要不失赤子之心，而感到什么地方有着“人性和他们的悲痛之所在的大都市”的人们。

这也诚然是人性的矛盾，而祸福纠缠的悲欢。人在稚齿，追随“旋儿”，与造化为友。福乎祸乎，稍长而竟求知：怎么样，是什么，为什么？于是招来了智识欲之具象化：小鬼头“将知”；逐渐还遇到科学研究的冷酷的精灵：“穿凿”。童年的梦幻撕成粉碎了；科学的研究呢，“所学的一切的开端，是很好的，——只是他钻研得越深，那一切也就越凄凉，越黯淡。”——惟有“号码博士”是幸福者，只要一切的结果，在纸张上变成数目字，他便满足，算是见了光明了。谁想更进，便得苦痛。为什么呢？原因就在他知道若干，却未曾知道一切，遂终于是“人类”之一，不能和自然合体，以天地之心为心。约翰正是寻求着这样一本一看便知一切的书，然而因此反得“将知”，反遇“穿凿”，终不过以“号码博士”为师，增加更多的苦痛。直到他在自身中看见神，将径向“人性和他们的悲痛之所在的大都市”时，才明白这书不在人间，惟从两处可以觅得：一是“旋儿”，已失的原与自然合体的混沌，一是“永终”——死，未到的复与自然合体的混沌。而且分明看见，他们俩本是同舟……

假如我们在异乡讲演，因为言语不同，有人口译，那是没有法子的，至多，不过怕他遗漏，错误，失了精神。但若译者另外加些解释，申明，摘要，甚而至于阐发，我想，大概是讲者和听者都要讨厌的罢。因此，我也不想再说关于内容的话。

我也不愿意别人劝我去吃他所爱吃的东西，然而我所爱吃的，却往往不自觉地劝人吃。看的东西也一样，《小约翰》即是其一，是自己爱看，又愿意别人也看的书，于是不知不觉，遂有了翻成中文的意思。这意思的发生，大约是很早的，因为我久已觉得仿佛对于作者和读者，负着一宗很大的债了。

然而为什么早不开手的呢？“忙”者，饰辞；大原因仍在很有不懂的处所。看去似乎已经懂，一到拔出笔来要译的时候，却又疑惑起来了，总而言之，就是外国语的实力不充足。前年我确曾决心，要利用暑假中的光阴，仗着一本辞典来走通这条路，而不料并无光阴，我的至少两三个月的生命，都死在“正人君子”和“学者”们的围攻里了。到去年夏，将离北京，先又记得了这书，便和我多年共事的朋友，曾经帮我译过《工人绥惠略夫》的齐宗颐君，躲在中央公园的一间红墙的小屋里，先译成一部草稿。

我们的翻译是每日下午，一定不缺的是身边一壶好茶叶的茶和身上一大片汗。有时进行得很快，有时争执得很凶，有时商量，有时谁也想不出适当的译法。译得头昏眼花时，便看看小窗外的日光和绿荫，心绪渐静，慢慢地听到高树上的蝉鸣，这样地约有一个月。不久我便带着草稿到厦门大学，想在那里抽空整理，然而没有工夫；也就住不下去了，那里也有“学者”。于是又带到广州的中山大学，想在那里抽空整理，然而又没有工夫；而且也就住不下去了，那里又来了“学者”。结果是带着逃进自己的寓所——刚刚租定不到一月的，很阔，然而很热的房子——白云楼。

荷兰海边的沙冈风景，单就本书所描写，已足令人神往了。我这楼外却不同：满天炎热的阳光，时而如绳的暴雨；前面的小港中是十几只蜑户的船，一船一家，一家一世界，谈笑哭骂，具有大都市中的悲欢。也仿佛觉得不知那里有青春的生命沦亡，或者正被杀戮，或者正在呻吟，或者正在“经营腐烂事业”和作这事业的材料。然而我却渐渐知道这虽然沉默的都市中，还有我的生命存在，纵已节节败退，我实未尝沦亡。只是不见“火云”，时窘阴雨，若明若昧，又像整理这译稿的时候了。于是以五月二日开手，稍加修正，并且誊清，月底才完，费时又一个月。

可惜我的老同事齐君现不知漫游何方，自去年分别以来，迄今未通消息，虽有疑难，也无从商酌或争论了。倘有误译，负责自然由我。加以虽然沉默的都市，而时有侦察的眼光，或扮演的函件，或京式的流言，来扰耳目，因此执笔又时时流于草率。务欲直译，文句也反成蹇涩；欧文清晰，我的力量实不足以达之。《小约翰》虽如波勒兑蒙德说，所用的是“近于儿童的简单的语言”，但翻译起来，却已够感困难，而仍得不如意的结果。例如末尾的紧要而有力的一句：“Und mit seinem Begleiter ging er den frostigen Nachtwinde entgegen, den schweren Weg nach der grossen, finstern Stadt, wo die Menschheit war und ihr Weh.”那下半，被我译成这样拙劣的“上了走向那大而黑暗的都市即人性和他们的悲痛之所在的艰难的路”了，冗长而且费解，但我别无更好的译法，因为倘一解散，精神和力量就很不同。然而原译是极清楚的：上了艰难的路，这路是走向大而黑暗的都市去的，而这都市是人性和他们的悲痛之所在。

动植物的名字也使我感到不少的困难。我的身边只有一本《新独和辞书》，从中查出日本名，再从一本《辞林》里去查中国字。然而查不出的还有二十余，这些的译成，我要感谢周建人君在上海给我查考较详的辞典。但是，我们和自然一向太疏远了，即使查出了见于书上的名，也不知道实物是怎样。菊呀松呀，我们是明白的，紫花地丁便有些模胡，莲馨花（Primel）则连译者也不知道究竟是怎样的形色，虽然已经依着字典写下来。有许多是生息在荷兰沙地上的东西，难怪我们不熟悉，但是，例如虫类中的鼠妇（Kellerassel）和马陆（Lauferkäfer），我记得在我的故乡是只要翻开一块湿地上的断砖或碎石来就会遇见的。我们称后一种为"臭婆娘"，因为它浑身发着恶臭；前一种我未曾听到有人叫过它，似乎在我乡的民间还没有给它定出名字；广州却有："地猪"。

和文字的务欲近于直译相反，人物名却意译，因为它是象征。小鬼头Wistik去年商定的是"盖然"，现因"盖"者疑词，稍有不妥，索性擅改作"将知"了。科学研究的冷酷的精灵Pluizer即德译的Klauber，本来最好是译作"挑剔者"，挑谓挑选，剔谓吹求。但自从陈源教授造出"挑剔风潮"这一句妙语以来，我即敬避不用，因为恐怕《闲话》的教导力十分伟大，这译名也将蓦地被解为"挑拨"。以此为学者的别名，则行同刀笔，于是又有重罪了，不如简直译作"穿凿"。况且中国之所谓"日凿一窍而'混沌'死"，也很像他的将约翰从自然中拉开。小姑娘Robinetta我久久不解其义，想译音；本月中旬托江绍原先生设法作最末的查考，几天后就有回信——

> ROBINETTA一名，韦氏大字典人名录未收入。我因为疑心她与ROBIN是一阴一阳，所以又查ROBIN，看见下面的解释——
>
> ROBIN：是ROBERT的亲热的称呼，
>
> 而ROBERT的本训是"令名赫赫"（！）

那么，好了，就译作"荣儿"。

英国的民间传说里，有叫作Robin good fellow的，是一种喜欢恶作剧的妖怪。如果荷兰也有此说，则小姑娘之所以称为Robinetta者，大概就和这相关。因为她实在和小约翰开了一个可怕的大玩笑。

《约翰跛妥尔》一名《爱之书》，是《小约翰》的续编，也是结束。我不知道别国可有译本；但据他同国的波勒兑蒙德说，则"这是一篇象征底散文诗，其中并非叙述或描写，而是号哭和欢呼"；而且便是他，也"不大懂得"。

原译本上赉赫博士的序文，虽然所说的关于本书并不多，但可以略见十九世纪八十年代的荷兰文学的大概，所以就译出了。此外我还将两篇文字作为附录。一即本书作者拂来特力克望蔼覃的评传，载在《文学的反响》一卷二十一期上的。评传的作者波勒兑蒙德，是那时荷兰著名的诗人，赉赫的序文上就说及他，但于他的诗颇致不满。他的文字也奇特，使我译得很有些害怕，想中止了，但因为究竟可以知道一点望蔼覃的那时为止的经历和作品，便索性将它译完，算是一种徒劳的工作。末一篇是我的关于翻译动植物名的小记，没有多大关系的。

评传所讲以外及以后的作者的事情，我一点不知道。仅隐约还记得欧洲大战的时候，精神底劳动者们有一篇反对战争的宣言，中国也曾译载在《新青年》上，其中确有一个他的署名。

一九二七年五月三十日，鲁迅于广州东堤寓楼之西窗下记。

关于《小约翰》的新译本

这的确是一本好书。

100 多年前，1906 年，鲁迅与它相遇，一见之下即爱不释手。那时鲁迅在日本留学，因为决定弃医从文，所以购买了一些文学方面的书籍，其中包括一些旧期刊。从一本破旧的杂志——1889 年 8 月出版的半月刊《文学的反响》中，他看到了《小约翰》的第五章，一下子被吸引了，再也放不下，于是到处去买这本书，连续跑了几家书店，却都没有，最后只好托书店到德国去订购，三个月后才终于拿到了它。21 年之后，也就是 1927 年，鲁迅终于把它翻译出版。“无韵的诗，成人的童话”，这是鲁迅给它的评语。鲁迅还说：“因为作者的博识和敏感，或者竟已超过了一般成人的童话了……我也不愿意别人劝我去吃他所爱吃的东西，然而我所爱吃的，却往往不自觉地劝人吃。看的东西也一样，《小约翰》即是其一，是自己爱看，又愿意别人也看的书。”从这样的话，我们已经可以看到鲁迅对它的喜爱。

作者弗雷德里克·凡·伊登（Frederik van Eeden，1860—1932），是 19 世纪末 20 世纪初荷兰影响最大的作家之一，写小说也写诗歌和散文。但他不是职业作家，而是一位医生、精神分析学家。他活了 72 岁，后期放弃了文学写作，致力于梦境的分析和研究。与小约翰开始于奇妙的幻游而最终走向那“大而黑暗的都市，即人性和他们的悲痛之所在的艰难的路”一样，伊登本人也是探索者，经历过一段由理想和浪漫回归现实的路。他曾建立一个财产公有、各尽所能、各取所需的公社，并根据美国作家梭罗的瓦尔登湖命名为“瓦尔登”。这种乌托邦实验的结果必然失败，这使他能更清楚地看穿个人和人类前行途中那些很诱惑的迷彩。正如同时代荷兰批评家所说，伊登不仅是当时荷兰影响最大、最受欢迎的作家，也是“最良善、最高超的人”，因为他是“负着负担的人，以及有着信仰的人”。

与一般作家笔下世界不同，《小约翰》揭示的不是人与人构成的社会关系，而是这个世界常常被忽略的另一面：人与动物、植物、精灵的关系。在这里，可以看到一个叫约翰的孩子，由精灵陪伴，在美妙的大自然中漫游。因为与动物、植物和精灵的对话交流，它被称为童话。但作品没有停留于自然界这一切，而是提出各种疑问，让故事承载了一些重要的思考。换句话说，作者展示大自然种种迷人景观的同时，探讨的是有关人生、理想、价值、责任等重大主题。小约翰寻求那本“解答人生所有疑问的大书”的经历，正是人类成长历程的一个缩影，他所经历的那些痛苦和困惑，也是人类无法回避的。所以，这不仅是一部美妙而有趣的书，也是有思想、有深意的。

关于《小约翰》的内涵，鲁迅曾有如此解释：“这也诚然是人性的矛盾，而祸福纠缠的悲欢。人在稚齿，追随‘旋儿’，与造化为友。福乎祸乎，稍长而竟求知：怎么样，是什么，为什么？于是招来了智识欲之具象化：小鬼头‘将知’；逐渐还遇到科学研究的冷酷的精灵：‘穿凿’。童年的梦幻撕成粉碎了；科学的研究呢，‘所学的一切的开端，是很好的，——只是他钻研得越深，那一切也就越凄凉，越黯淡。’……约翰正是寻求着这样一本一看便知一切的书，然而因此反得‘将知’，反遇‘穿凿’，终不过以‘号码博士’为师，增加更多的苦痛。直到他在自身中看见神，将径向‘人性和他们的悲痛之所在的大都市’时，才明白这书不在人间，惟从两处可以觅得：一是‘旋儿’，已失的原与自然合体的混沌，一是‘永终’——死，未到的复与自然合体的混沌。而且分明看见，他们俩本是同舟……”

作家显然注意到科学、技术和物质文明的发展带来的负面作用，以及人类知性内部的矛盾。人类对自然的破坏、数字化对人文精神的冲击，都为他所忧虑。在一百多年前，这些显示着某种先锋性，但与中国问题似乎距离遥远，这使我们看到鲁迅思想超前的一面。作为文学家，鲁迅这个符号已意味着文学的社会批判功能，启蒙立人，改造社会，而他对《小约翰》的喜爱告诉我们，对鲁迅的理解不可过于偏狭，他有人与现实社会之近忧，也有人与自然之远虑。翻译出版《小约翰》几年之后，加入左联从事文学的政治反抗事业之际，他所关心的依然不只阶级斗争，而是“沙漠之逐渐南徙，营养之已难支持，都是中国人极重要，极切身的问题……林木伐尽，水泽湮枯，将来的一滴水，将和血液同价……”（《〈进化与退化〉小引》）当时的人，有谁意识到这些问题呢？今天的中国人却不能不面对这危机的到来。

特别值得注意的是结尾：绚烂的霞光中出现了旋儿的歌声，约翰循歌追去。夕阳铺就一条通向海上的光芒之路，起端是一只水晶般明亮的小船，船尾站着旋儿，与他同在的却是死神！约翰呼喊旋儿，要随他而去。这时神出现了，指着旋儿和死神所在的辉煌的光路说：那是你一直神往的，但如果没有他们俩，你永远找不到路。又指着渐暗下来的东方说：那是人类，还有他们的不幸和痛苦，那是我的路。他让小约翰选择，小约翰最终毫不犹豫向神伸出了手，逆着凛冽的夜风，走上了通往大而黑暗并充满痛苦的都市之路。小约翰的经历和最终选择告诉我们，往昔的美好世界，莫过于小孩子的童话，但它并不能带来永远的快乐，人总要长大，总要面对生活的现实世界。失掉的注定找不回来，前途也许暗淡无光，但还要勇敢走下去，直面人生全部的痛苦与沉重。这是伊登的伟大之处，也是鲁迅喜爱它的重要原因。

与鲁迅的译文相比，我想说的是，景文的译文有许多优长。它显然更通顺，更流畅，所以更好读。而且，景文的语言很生动，像本书内容本身一样绚丽多彩。

众所周知，鲁迅的译文是文白转换时期诞生不久的白话文，加之他一直坚持直译，所以留下许多令当下读者难以理解或很不习惯的句子。让今天的中学生读鲁迅的文章，必然会找出许多病句、错别字和使用不当的标点。景文的翻译就不同了，她使用的是当下流行的规范语言，而且在许多地方放弃直译而采用意译。这样做不难理解，直译的结果可能与中文习惯相去甚远，而意译反倒传神。加之景文对鲁迅译文很熟悉，鲁迅译文中的精华大都保留了下来，而那些不甚通顺或不符合当下汉语规范的句子则得到了修进。

鲁迅当年翻译此书，遇到的困难之一是动植物名称的译法。他曾说过的：“第一章开头不久的一种植物 Kerbel 就无法可想。这是属于伞形科的，学名 Anthriscus。但查不出中国的译名，我又不解其义，只好译音：凯白勒。”再比如：“Pirol。日本人说中国叫‘剖苇’，他们叫‘苇切’。形似莺，腹白，尾长，夏天居苇丛中，善鸣噪。我现在译作鹪鹩，不知对否。”在景文的译文中，“凯白勒”落实为“铁杉”，“鹪鹩”确定为“黄鹂”，诸如此类的问题解决了不少，虽然是几个字，却是很费功夫的事。不过，涉及角色的名字，新译本仍然大多依照鲁迅的译名，例如旋儿、将知、荣儿、穿凿等，唯一变了的是“号码博士”改为“数字博士”。其实，别的一些译名也是应该改的，因为鲁迅当年的翻译不乏随意之处，而且有的还因特别的原因而故意回避，所以译名未必确切。比如小精灵 Wistik，本来与齐寿山议定译作“盖然”，但后来鲁迅却觉得“盖”字不妥，索性改成了“将知”。再比如科学研究的无情精灵 Pluizer，本来译作“挑剔者”，只因为在女师大风潮中陈西滢说鲁迅“挑剔风潮”，鲁迅便避“挑剔”不用，把“挑剔者”改成了“穿凿”。像这样的译名，也许根据原文意思修订一下更好。

此外，虽然《小约翰》的语言比较简单，但翻译仍然不容易。正如鲁迅所说过的，小说结尾那“紧要而有力”的一句：“Und mit seinem Begleiter ging er den frostigen Nachtwinde entgegen，den schweren Weg nach der grossen，finstern Stadt，wo die Menschheit war und ihr Weh.”下半句被他译成了“上了走向那大而黑暗的都市即人性和他们的悲痛之所在的艰难的路”，它的确冗长而且费解，但鲁迅说他没有更好的译法，“因为倘一解散，精神和力量就很不同。然而原译是极清楚的：上了艰难的路，这路是走向大而黑暗的都市去的，而这都市是人性和他们的悲痛之所在”。鲁迅的译文依据的是德文版，而景文用的是英文版，二者之间有不小的差异，从景文的译文看，恰恰是“解散”了的：“约翰转过身来，迎着寒冷的夜风，踏上他的辛劳之路，那通向人类的、苦痛的、深沉的大城市。”读起来很通顺，全无障碍与别扭之处，但我却觉得似乎失掉了点什么，使意味发生了某些变化。

翻译不易，重译更不易。祝贺景文！并感谢她使这部好书以新的面目出现在广大读者面前！

李新宇

2017 年 7 月　天津社会山花园

图书在版编目（CIP）数据

小约翰 /（荷）弗雷德里克·凡·伊登著；景文译. -- 武汉：长江文艺出版社，2017.9（2023.2 重印）

ISBN 978-7-5354-9924-0

I. ①小… II. ①弗… ②景… III. ①童话－荷兰－近代 IV. ① I563.88

中国版本图书馆 CIP 数据核字（2017）第 193394 号

小约翰
XIAO YUEHAN

[荷] 弗雷德里克·凡·伊登 著　景文 译

选题产品策划生产机构 | 北京长江新世纪文化传媒有限公司
总 策 划 | 金丽红　黎　波
策划编辑 | 罗小洁
责任编辑 | 葛　钢　　装帧设计 | 郭　璐　　内文制作 | 姜　华
插画绘制 | 刘雄强　萧　凉　　责任印制 | 张志杰　王会利
法律顾问 | 梁　飞　　媒体运营 | 刘　冲　刘　峥　洪振宇

总 发 行 | 北京长江新世纪文化传媒有限公司
电　　话 | 010-58678881　　传　　真 | 010-58677346
地　　址 | 北京市朝阳区曙光西里甲 6 号时间国际大厦 A 座 1905 室　　邮　　编 | 100028

出　　版 | 长江出版传媒 | 长江文艺出版社
地　　址 | 湖北省武汉市雄楚大街 268 号湖北出版文化城 B 座 9-11 楼　　邮　　编 | 430070
印　　刷 | 天津盛辉印刷有限公司
开　　本 | 880 毫米 ×1230 毫米　1/32　　印　　张 | 5.375
版　　次 | 2017 年 9 月第 1 版　　印　　次 | 2023 年 2 月第 5 次印刷
字　　数 | 110 千字
定　　价 | 36.00 元